KB123003

핵폭발
그후로도
오랫동안

Noch lange danach by Gudrun Pausewang

All rights reserved by the proprietor throughout the world in the case of brief quotations embodied in critical articles or reviews.
Korean Translation Copyright © 2013 by Common Life Books, Seoul
Copyright © 2012 by Ravensburger Buchverlag Otto Maier GmbH, Ravensburg(Germany).
This Korean edition is published by arrangement with Ravensburger Buchverlag Otto Maier GmbH, Ravensburg through Bestun Korea Literary Agency Co, Seoul.

이 책의 한국어판 저작권은 베스툰 코리아 출판 에이전시를 통해 저작권자와의 독점 계약으로 도서출판 평사리에 있습니다. 저작권법에 의해 한국 내에서 보호를 받는 저작물이므로 무단 전재와 무단 복제를 금합니다.

행폭발
그후로도
오랫동안

초판 1쇄 발행 2013년 11월 15일
초판 4쇄 발행 2016년 7월 15일

지은이 | 구드룬 파우제방
옮긴이 | 김희상
펴낸이 | 홍석근
편 집 | 김동관, 김슬지
본문 글씨 | 홍승택
인쇄 제본 | 민우피앤비

펴낸곳 | 평사리 Common Life Books
출판신고 | 제313-2004-172호(2004년 7월 1일)
주 소 | (121-896) 서울시 마포구 월드컵로 74 원천빌딩 6층
전 화 | 02-706-1970
팩 스 | 02-706-1971
e-mail | commonlifebooks@gmail.com
Homepage | www.commonlifebooks.com

ISBN 978-89-92241-48-9 03850

* 책값은 표지 뒤쪽에 있습니다.
* 파본은 본사와 구입한 서점에서 교환해 드립니다.

핵폭발 그후로도 오랫동안

구드룬 파우제방 지음

김희상 옮김

평사리
Common Life Books

참 놀라운 일이라는 생각이 들 때가 많아,

내가 살아 있다는 게.

내가 만들어졌다는 게.

내가 낙태되지 않았다는 게.

그런 시간, 그런 상황에서는

충분히 그러고도 남았으련만

나는 팔다리가 오그라들지도 않았고

머리에 물도 차지 않았으며, 심장도 건강하게

이 세상에 태어났어.

출산의 과정을 이겨내고

살아남았어.

아기로 죽지 않았다는 게 정말 놀라워.

그리고 이처럼 건강하다는 게.

겉보기로는 말짱해. 이제 열여섯 살인데

아직 후유증은 없어.

난 정말 운이 좋았어!

1

안녕! 나는 비다 보른발트야. 열여섯 살이고 중 3이야.

너희가 찾아온 이곳은 바덴뷔르템베르크라는 지방의 남서쪽 자락이야. 독일이 프랑스와 스위스랑 경계를 이루는 곳이지. 그런 것쯤은 너희도 잘 알고 있겠지.

듣자하니 너희는 남아메리카에서 왔다며? 칠레에 있는 독일 학교의 동급생들이라고 들었어. 유럽을 알아보기 위한 수학여행이라지? 너희가 뭘 특히 궁금해 하는지 잘 알아. 2020년에 여기 독일에서 일어난 대형 원자력 발전소 사고가 어떤 결과를 낳았는지 알고 싶은 거지! 우리 학교를 방문하기로 한 것도 그래서라고 들었어. 우리 학교 학생들은 주로 당시 사고 지역에서 긴급 대피된 사람들의 손자나 증손자들이니까.

그리고 너희는 우리 학교 학생 한 명과 인터뷰도 했으면 하고 원했지. 그 학생이 바로 나야.

아무튼 모두 환영해!

시시콜콜 질문을 받는다는 게 어떤 일인지 나는 잘 알아. 신문사나 방송국에서 우리 학교를 종종 찾아오거든. 기자들이 인터뷰를 원할 때, 주로 내가 그 상대 역할을 맡았어. 외국에서 기자들이 찾아올 때도.

나는 말을 잘하거든. 그리고 흔히들 하는 질문에 어떤 대답을 해야 하는지도 알고 있고. 너희와는 독일어로 이야기하지만, 외국 사람들과는 영어로만 대화할 수 있어. 인터뷰를 자주 하다 보니 이제 더듬거리지 않고 영어를 할 정도로 내 실력이 많이 늘었거든.

다른 아이들? 대개 자신이 없어 해.
또는 그 사고 이야기를 하고 싶지 않아서이기도 하고.
아무튼 나처럼 운이 좋았던 친구는 많지 않아.
그리고 왜 주로 내가 인터뷰를 맡느냐 하면, 나는 거의 결석을 하지 않으니까. 우리 학교에는 아파서 결석하는 아이들이 참 많아. 그게 아니면 가족 가운데 아픈 누구를 돌봐야 하는 경우이기도 하고.

응? 그거야 당근 암이지. 암 말고 뭐겠어?

2

나는 건강한 편에 속해. 그렇지만 장담할 수는 없어, 언제라도 몸에 이상이 올 수 있으니까. 우리 반에서 나는 뭔가 할 일이 있을 때마다 거의 늘 부름을 받아.

무슨 일이냐고? 애고, 할 일이야 많지. 예를 들어 저학년들 숙제를 돕는다거나, 유리창 청소를 하는 일 등이지. 아님, 식당에서 배식을 하거나. 학교에 마련된 제본소에서 책들을 다시 튼튼하게 묶기도 해. 새로 찍어낼 수가 없어서 계속 물려가며 봐야 하니까. 누군가 토하면 달려가 걸레와 양동이로 깨끗이 닦아내기도 하고, 천장에서 빗방울이 떨어지면 얼른 양동이를 그 아래에 받치기도 하지.

왜 수리를 하지 않느냐고? 그럴 돈이 없대. 깨끗이 청소를 할 돈도 부족한데 수리는 엄두도 못 내. 이전엔 대부분의 학교들에서 시설을 관리하고 보존하는 일을 학부모들이 맡았어. 우리의 경우는 새 학기가 시작할 때에만 부모들이 찾아와. 그 대신 아주 철저하게 검사하고 보수해. 거미줄 하나라도 걸려 있으면 안 돼! 학기 동안에는, 늘 토요일에 우리 학생들이 청소를 해. 당근 건강한 아이들만 하지. 반마다 아파서 청소에 빠지는 아이들은 꼭 있어. 하지만 건강하면 누구나 청소를 해야 해.

당근이지! 청소는 학년별로 나눠서 해. 우리는 돈이 없어서 초등학생과 중학생, 그리고 고등학생이 전부 한 학교에서 배워. 초딩은 자기네 교실만 청소해. 중딩은 자기 교실하고 공동으로 쓰는 공간, 곧 계단과 복도를 맡아. 고딩은 실내체육관하고 교무실을 담당해. 옆 학급들과 그때그때 할 일을 나눠.

우리는 초딩 1학년과 2학년 교실도 청소해야 해. 걔들은 아직 너무 어려서 양동이를 들 수도 없으니까. 비질과 걸레질은 더 말할 것도 없지. 초딩 3학년부터 힘을 필요로 하는 일을 맡아.

그럼 꼬마들은 아무것도 하지 않느냐고? 걔들 담당은 운동장 정리야. 쓰레기 같은 걸 줍는 거지. 그래서 비가 오지 않는다면 꼬마들은 점심시간이 끝날 때마다 바구니를 들고 운동장으로 나가서 거기 떨어져 있는 것들을 깨끗이 주워. 뭐, 많지는 않아. 너희도 알다시피 독일은 가난한 나라야. 먹을 게 귀해서 몹시 비싸.

그래 알아, 예전에는 완전히 달랐대.

3

잠깐, 잠깐, 천천히. 하나씩 차분하게 물어봐! 이전이 무슨 뜻이냐고? 언제를 말하는 거냐고? 그거야 누구나 아는 얘기 아냐? 이전은 원전 사고가 일어나기 전이야! 이후는 원전 사고 이후를 말하는 거고.

할머니가 그러시는데, 이전과 이후라는 말은 하도 많이 써서 닳아 반짝거리는 쇠붙이와 같대!

아무튼 우리의 모든 건 이전과 이후로 나뉘어.

그거야 물론 그렇지. 이전을 내가 직접 겪은 건 아니야. 얘기로만 들어서 알지. 원전 사고는 벌써 41년 전 이야기니까. 우리가 그때를 아는 것은 사고를 직접 겪었던 할아버지와 할머니와 다른 어른들에게 이야기를 들었기 때문이야. 우리가 모두 이런 얘기를 수천 번도 넘게 들었다면, 너희는 믿겠니?

그런 이야기를 통해 우리는 무엇보다도 먹을거리의 소중

함을 알게 되었어. 이전에는 점심시간만 끝나면 운동장에 먹다 버린 빵 부스러기가 여기저기 굴러다녔다는 말을 무수히 들었거든. 과일도 말이야. 아예 한 번 깨물지도 않은 과일도 있었대. 포장을 뜯지도 않고 쓰레기통에 버렸다는 거야. 학교를 지키는 수위 아저씨는 기르는 개 먹이를 살 필요가 없었대.

그래서 옛날에 독일에는 뚱보가 많았대. 심지어 어린애들도 뚱뚱했대!

지금 우리 반에 뚱뚱한 아이는 단 한 명도 없어.

이후 어떻게 살았는지 더 궁금하다고? 그거야 내가 잘 알지. 직접 두 눈으로 보았으니까. 예를 들어 우리 엄마는 자리에서 일어서지도 못해. 또, 학교가 끝나고 집까지 가는 데 30분이 넘게 걸려. 이후에는 스쿨버스가 없으니까.

할머니만 해도 버스를 타고 학교에 다녔대.

길을 가면서 자동차도 거의 못 봐. 여기 독일에서 차를 몰고 다니는 사람은 드물어. 할머니가 그러는데 옛날엔 누구나 자동차 한 대씩은 가지고 있었대. 우리 가족은 심지어 세 대나 가졌었다더라!

이후라는 말은 특히 병을 뜻해. 엠마가 좋은 예야. 엠마
는 오른팔이 없어. 오른쪽 어깨에 손가락만 몇 개 붙어 있
지. 원전 사고가 없었어도 엠마가 이런 기형이었을지, 난
잘 몰라. 어쨌거나 이후에는, 할머니가 그러시는데 이전보
다 훨씬 더 기형이 많대. 강한 방사능에 쪼인 유전자 때문
에 그렇대.

그리고 우리 반에 로니의 자리가 자주 텅 비는 것은 개
가 갑상선암을 앓기 때문이야. 그것도 이후와 관계가 있는
거래. 아무튼 앞으로도 나는 이후에서 살아야 해. 그것도
인생의 마지막 날까지.

4

원전 사고는 하루아침에 우리를 가난하게 만들었어. 지
금 이곳을 둘러보기만 해도 알 수 있지? 도로에는 온통 움
푹 팬 구멍투성이야. 곳곳이 푹 꺼지거나 떠내려가거나 구
멍이 파여 자동차가 다닐 수가 없어. 근처에 있는 다리 하
나는 얼마 전에 무너져버렸어. 때마침 다리 위를 달리던 스
위스 버스 한 대가 추락했어. 아홉 명이 죽었지.

그럼, 여기에도 슈퍼마켓이 있지. 그러나 식료품은 너무
비싸. 과일이나 요구르트는 정말 가끔 맛봐. 생선? 아니,
구경도 못 해. 보건부 장관이 생선이나 조개를 절대 먹지
말래. 원자력 산업이 그 폐기물을 바다에 던지는 바람에 완
전히 오염되었대. 튼튼한 통에 넣어서 버렸다고는 하는데,
그 통이 녹슬어 폐기물이 그대로 온 바다에 퍼졌대. 생선들
은 대개 방사능에 강하게 오염되었어. 그런데 정확히 어느
지역의 어떤 생선인지 그걸 아무도 몰라. 그동안 원자력 폐

기물을 바다에 던져 넣는 것은 엄격히 금지되었어. 그래도 생선을 먹는 건 위험하대.

고기? 고기는 벌써 오랫동안 구경을 못 했어. 성탄절과 같은 명절에나 조금 맛볼 수 있을 뿐이야.

독일에는 원전 사고 이후 농업이라는 게 거의 없어. 모든 게 방사능에 오염되었거든. 다시 감자, 무, 밀, 채소를 아무 거리낌 없이 먹을 수 있게 농사를 지으려면 독일 전체의 땅을 갈아엎어야 한다더라. 꿈조차 꿀 수 없는 일이지. 그래서 이후 거의 모든 먹거리를 수입해야만 해.

학교 건물을 한번 보렴. 모든 게 낡아 성한 곳이 없어. 수도관은 녹이 슬었고, 나사들은 빠져 달아났는데 부품을 구할 길이 없대. 유리창이 깨져도 갈아 끼울 수가 없어. 천장에서는 비가 줄줄 새고, 화장실은 절반 이상이 고장이야. 온수? 그런 건 옛날이야기야. 거의 모든 학교와 유치원에는 냉수만 나와.

돈이 있는 부자들이야 방사능에 오염되지 않은 나라들에서 수입한 물건을 사지. 하지만 나머지 사람들, 거의 대다

수의 사람들은 낡은 것을 고쳐 쓸 수밖에 없어.

할머니는 엄마와 내가 어떤 물건이 꼭 필요할 때마다 새 것으로 장만해 주었어. 풀어 헤친 면실로 목도리를 짜곤 했지. 이전에 그 면실은 아마도 애들이 입었던 스웨터였을 거야. 한 번은 옆집 할머니가 오랫동안 누워 있다가 돌아가시자, 그 할머니 옷들을 물려받아 우리 것으로 새로 짜 주셨어. 평소 버리지 않고 모아뒀던 물건들로 할머니는 내가 급히 필요한 신발을 만들어 주시기도 했지. 또는 공동묘지에 누워 계신 할아버지 바지들을 고쳐서 내가 입을 수 있게 수선도 해 주셨어. 그러나 일 년밖에 입지 못했어. 그만큼 내가 빨리 자랐거든.

아냐, 그걸 어떻게 모두 맨손으로 만들겠어. 사고가 있고난 뒤 우리 동네에는 재봉틀 방이 있어. 시간당 돈을 조금만 내면 거기에 있는 재봉틀을 쓸 수 있거든.

이전의 여성잡지들을 보면 그저 놀라울 따름이야. 세상에 그렇게 멋진 옷들이 있었다니! 오늘날 너희나 미국 또는 중국 사람들이 입는 것에 비하면 상당히 구식이기는 하지만, 그래도 멋져!

나미비아의 어떤 여기자가 최근 우리를 찾아왔었어. 상황이 어떤지 모든 걸 설명하고 보여 달라고 했지. 우리 학교는 그 여기자가 마지막으로 들른 곳이야. 다음 날 비행기를 타고 귀국하기로 되어 있었어. 여기자는 자신이 가지고 있던 청바지 두 벌 가운데 하나를 나에게 선물했어.

그래, 내가 지금 입고 있는 이거야. 멋지지 않니? 이 바지를 나는 학교 올 때만 입어. 새것이나 다름없이 좋아! 누가 이 바지를 훔치려 한다면, 할퀴고 물어뜯어서라도 막을 거야.

어디까지 얘기했었지? 아, 그래, 쓰레기! 그건 그냥 내버려 둬. 도시는 쓰레기를 수거할 돈이 없거든. 다행히 그리 많지는 않아. 사람들이 쓸 만한 걸 모두 가려내니까. 아이들도 종종 쓰레기를 뒤져. 조금이라도 쓸모 있는 걸 찾아내려고 말이야. 이전에는 쓰레기 뒤지는 걸 상상도 하지 못했대. 그런 건 후진국들에서나 볼 수 있었다고 해. 이제 독일은 세상에서 가장 가난한 나라 가운데 하나야. 어른들이 그러는데 빚더미 위에 올라앉았대. 일자리가 거의 없어 실업률도 무척 높아.

텔레비전과 휴대폰은 여전히 인기 품목이야. 다들 세상에서 무슨 일이 일어나는지 알고 싶어 하니까. 또, 다른 사람들과 연락도 해야 하고. 인터넷을 포기하느니 차라리 굶겠다는 사람들도 많아!

5

　물론 이전에도 독일에 가난한 사람들은 있었대. 아이들을 입히고 배불리 먹이느라 무척 고생을 했다더라. 당시 가난한 나라 사람들은 합법적이든 불법적이든 독일로 오려고 안간힘을 썼대. 또, 대가족을 거느린 사람도 적지 않았대. 혼자 먼저 와서 가족을 부르는 사람도 있었고. 너무 늦거나 독일어를 제대로 하지 못하면 일자리를 찾기가 무척 힘들었대. 물론 독일 정부가 최소한의 생활은 할 수 있게 보조금을 주기는 했다더라.

　그러나 저 끔찍한 원전 사고 이후 독일을 찾아오는 외국인은 거의 없어. 그 대신 독일 사람들이 가난을 면하려고 다른 나라로 가서 일자리를 얻으려고 안달이지.

　그래, 맞아. 사고 이전에는 재생에너지를 만드는 기술이 무척 발달했었대. 특히 태양전지 분야에서 하루가 다르게 신기술이 쏟아져 나왔대.

태양전지? 그건 햇빛을 전류로 바꿔주는 기술이야.

예전에 학교를 찍은 사진을 보면, 옥상에 태양열 집열판이 있는 걸 볼 수 있어. 그리고 조금이라도 높은 언덕에는 저 커다란 바람개비가 돌아갔어. 어른들은 그걸 풍력발전이라고 부르더라. 이렇게 햇빛과 바람을 이용해 필요한 에너지를 충당하려고 했대. 그게 계획대로 진행되었다면 좋았을 텐데 불과 2년을 남겨 두고 저 끔찍한 사고가 일어난 거야. 독일이 마지막 원자력 발전소까지 멈추게 하는 데 2년만 더 있으면 됐는데, 그 2년이 모든 걸 엉망으로 만들었어.

물론 독일이 원자력 발전소를 다 중지시켰다고 해서 우리가 방사능으로부터 절대 안전했을 거라고는 말할 수 없어. 이웃나라, 이를테면 프랑스에서 원전 사고가 일어난다면, 바람의 방향에 따라 그 방사능이 고스란히 독일로 넘어올 수도 있으니까 말이야.

아무튼 방사능은 무서운 거야.

이후 독일은 태양이나 바람 에너지를 계속 개발할 돈이 없었어. 심지어 부품조차 구할 수가 없었다니까 말 다 했지!

나는 우리 할아버지와 할머니, 혹은 증조할아버지와 증조할머니가 일찍부터 원자력 산업에 좀 더 깊은 관심을 기울였다면 사정이 이렇게까지는 되지 않았을 거라고 생각해. 좀 더 꼼꼼히 따졌더라면, 더욱 책임감을 가졌더라면 좋았을 것을……. 그러나 거의 강 건너 불 보듯 했대. 그냥 지금 나만 잘 살면 그만이다 하고 말이야. 우리 같은 손자, 손녀가 겪을 수도 있는 어려움은 생각도 하지 않은 거야.

그렇지만 조상들에게 화만 낸다고 해서 달라질 건 없다고 생각해. 우리가 그 당시에 살았다고 해서 크게 달라졌을까? 아마 우리도 똑같이 무관심하지 않았을까?

사람은 누구나 자기라면 더 잘했을 거라고 생각하지만, 막상 닥치면 자기 앞가림도 못 하잖아. 그리고 나는 화를 낼 상대도 없어. 할아버지와 할머니는 벌써 돌아가셨으니까.

부모님? 아직 살아 계셔. 그러나 아빠는 사고가 날 당시 아직 어렸고, 엄마는 이후에야 태어났어. 부모님에게 무슨 잘못이 있는 건 아니야. 오히려 희생자일 뿐이지. 부모님은 우리보다 훨씬 더 힘들었어. 특히 안타까운 일은 부모님

세대의 많은 사람들은 완전히 포기했다는 점이야. 내 엄마
만 하더라도 벌써 오래전부터 심한 우울증을 앓고 있어.

　나? 나는 아무런 희망도 없는 사람처럼 살고 싶지 않아.
기다릴 거야.

　뭘 기다리느냐고? 잘은 모르지만, 뭔가 이루고 싶은 목
표! 우리 쌤은 목표가 없는 인생은 죽은 거나 다름없다고
말했어. 분명 어떤 새로운 변화가 일어날 거야……

6

자, 또 물어볼 거 없어?

그럼 이제 우리 학교를 안내해 줄게. 분명 너희는 고향에 돌아가면 우리 학교가 어땠냐는 질문을 받을 테니까.

이전에 독일은 아주 훌륭한 교육 시설을 자랑했대. 인터넷이나 책을 보면 그런 이야기들이 나와. 우리 이후 학교가 제공하지 못하는 많은 게 사고 이전 학교에서는 당연한 것이었대. 컴퓨터, 잘 갖추어진 도서관, 시청각실, 화학 실험실, 최신 운동 기구를 갖춘 체육관, 연극 무대 등등. 그리고 물론 학교마다 수위가 있어서, 학교를 지키는 일 외에도 시설들을 관리했대. 이 모든 게 우리 이후 학교에는 없어. 뭐가 고장 나면 학부형 가운데 일자리가 없어 노는 어른이 와서 고쳐. 그리고 아까도 말했듯, 청소는 우리가 직접 해야만 해.

급여? 보수? 누구도 일을 해 주고 돈을 받지는 않아. 학교가 돈이 없다는 건 누구나 잘 알고 있는 이야기니까. 그 대신 우리는 자원봉사라는 걸 해. 학부형이 직접 수리를 하고, 아이들에게 기부로 받은 옷가지들을 나누어 주지. 서로 돕지 않고서 우리는 살아남을 수가 없어.

예를 들어 달라고? 지금 이 교실에 있는 책상과 의자는 모두 어떤 식당 주인이 기부한 거야. 장사가 안 돼 식당을 닫으면서 학교에 준 거야. 물론 공짜로! 옷감을 파는 가게는 교무실에 달 커튼을 선물했고, 쌤들은 인쇄소에서 아직 쓰지 않고 남아 있는 종이들을 얻어 와. 마을의 치즈 공장은 매달 한 상자 가득 치즈를 우리에게 보내 줘! 그 공장의 사장이 우리 여교장 쌤의 오빠거든. 치즈는 아픈 아이들에게 나눠 줘.

여기가 학교 도서관이야. 마침 안에 아무도 없을 거야. 한번 구경해 볼래? 현재 형편으로는 상당히 잘 갖춰진 도서관이야. 책들은 학부형들이 기부했어.

수업에 쓸 교과서? 그건 무료가 아니야. 이전에도 교과서는 돈을 주고 사야 했대. 우리는 새 교과서를 살 돈이 없어서 중고 교과서를 사서 써. 값은 보존 상태에 따라 절반 또는 그보다 적어.

그럼 국가는 뭘 하냐고?

국가는 그야말로 최소한의 비용만 대. 나라 곳곳의 사정이 너무 어렵고, 국가가 가진 돈이 얼마 되지 않아 꼭 필요한 곳에만 써도 부족하대.

7

여기는 강당이야. 저 위에 걸린 커다란 사진은 이전 시대에 찍은 거야. 사진이 보여 주는 것은 빌이라는 시골 마을의 모습이야. 빌이라는 이름을 알아?

물론 너희 가운데에는 이 지명을 아는 사람이 없겠지. 여기서 멀지 않은 작은 마을이야. 카이저슈틸, 곧 '왕의 의자'라는 뜻을 가진 산의 기슭에 있는 마을이야.

카이저슈틸은 프라이부르크라는 도시의 북서쪽에 있는 산이야. 거기서 프라이부르크 시민들과 빌의 주민들은 1977년 그곳에 예정된 원자력 발전소 건설을 반대하는 격렬한 시위를 벌였어. 결국 원자력 발전소는 세워지지 못했지. 당시 시위는 전 유럽의 주목을 받을 정도로 대단했대. 이곳 사람들은 지금도 그 시위를 자랑스러워 해!
할머니는 나에게 이런 말씀을 하셨어. "만약 빌의 주민

들만이 아니라 독일 전체가 시위에 동참했다면, 그 참혹한
사고는 일어나지 않았을 거다!"

원자력 발전소는 그래서 빌로부터 북동쪽으로 수백 킬로
미터 떨어진 곳에 세워졌어. 그래서 사고가 났을 때, 그곳
주민들은 바로 이곳으로 대피했지. 프라이부르크 변두리에
임시로 마련된 피난처로 말이야. 여기는 직접적인 위협은
받지 않는 곳이었어.

사고 당시 불어온 바람은 특히 독일 동쪽과 폴란드를 방
사능으로 오염시켰어. 그러다가 갑자기 바람의 방향이 바
뀌면서 독일 중부는 물론이고 서부와 북서부, 심지어 벨기
에와 네덜란드까지 강한 방사능 구름으로 뒤덮이고 말았
지. 상상도 할 수 없는 막대한 피해를 불러일으켰대. 그 결
과 독일 전체는 그야말로 쑥대밭이 되고 말았어. 독일의
사고는 후쿠시마보다 훨씬 더 사람들과 가까운 곳에서 벌
어진 거야!

그래, 우리도 수업에서 경제 기적이라는 말을 들었어. 독
일이 제2차 세계대전 때문에 엉망으로 망가지고 난 다음에
그렇게 빨리 다시 부유해진 건 물론 멋진 일이지. 그러나

2020년의 사고 이후 경제 기적은 일어나지 않았어.

　그래, 네 말이 맞아. 땅과 공기가 방사능으로 오염된 것은 전쟁으로 망가진 것과는 엄청난 차이가 있지. 독일인의 자랑이라고 하는 부지런함도 이번에는 아무런 도움이 되지 못했어. 땅이 온통 오염된 탓에 독일 사람들은 다시 일어설 기회조차 얻지 못했으니까.
　당시 독일 땅에서 농사지은 것은 먹을 수 없었어. 곡물과 야채는 물론이고 과일에도 손을 대서는 안 되었대. 전부 갈아엎거나 버려야 했대. 농작물이 갑자기 위험 물질이 된 거야. 소와 양도 그 고기를 먹을 수 없어 죽여야만 했고, 닭과 오리와 거위를 키우는 농장도 문을 닫아야만 했어. 독일 대부분의 지역에서 농사를 지을 수 없게 된 거야. 유럽의 다른 나라 농부들까지 쫄딱 망하고 말았대.

　사냥? 그런 건 거의 없어. 오늘날에도 야생동물의 고기를 팔다가 걸리는 사람은 중벌을 받아. 또한 이후 여름이나 가을마다 버섯을 따먹는 일도 위험하다고 금지시켰어. 사고 이후 태어난 유럽 사람들은 살면서 단 한 번도 버섯 요리를 먹어보지 못했어. 수입한 버섯은 너무 비싸고, 또 그 버섯이 방사능에 오염되지 않은 지역에서 딴 것이라는 걸 누가 보장해?

그래, 맞아, 너희는 버섯 요리가 어떤 맛인지 잘 알겠구나! 너희는 다른 대륙에 사니까. 부럽당!

그럼 계속 갈까. 강당에 대해 더 궁금한 게 있는 사람?

예전엔 여기 강당에서 모든 축제가 열렸대. 우리 학교는 연극으로 유명했어. 지금도 연극은 자주 해. 물론 이전에 비하면 조촐하지만 말이야.

그럼, 나도 물론 함께 하지. 엄마만 건강했더라면 더 자주 연극에 참여할 텐데! 그럼 너희는 저 아래 객석에 앉아 내가 무대에 등장할 때마다 박수를 치겠지. 너희는 고향으로 돌아가기 전에 두 팔로 나를 감싸 안고 아마 이렇게 말할 거야. "너 정말 굉장하더라, 비다! 네가 자랑스러워!"

할머니가 살아 계실 때는 언제나 그랬는데……. 정말 할머니가 보고 싶어!

사실 내 연극을 본 관객들 가운데 정말 나에게 특별한

관심을 보여 준 사람은 없었어. 엄마만 건강했다면 나를 온전히 지켜봐 주었을 텐데. 내 마음을 움직이는 모든 걸 엄마와 함께 이야기하고 싶어. 그리고 일요일이면 우리는 숲을 산책하는 거야. 나뭇가지 사이로 우리를 따라오는 구름을 올려다보면서.

8

이제 조금 있으면 점심시간이 시작돼. 모두 운동장으로 뛰어나와 한바탕 소란을 떨 거야. 너무 시끄러워 자기가 하는 말도 못 알아들을 지경이지. 그래서 말인데 저쪽 건물 입구로 가자. 지금 이 시간에는 거기가 제일 조용해.

저 위에 있는 두 분 아주머니? 나와 같은 반 여학생의 엄마와 할머니야. 점심시간에 두 분은 우유를 나누어 주시지. 물론 자원봉사야.

우유를 마시는 학생들이 적어서 놀랍다고? 우유는 비싸니까. 학생들이 다 마시기에는 턱없이 부족해. 아주머니들은 기증 받은 우유를 건강이 가장 나쁜 아이들에게 무료로 나눠 줘. 우리 학교에는 그런 아이들이 40명에서 50명 정도야. 우유를 포기하는 학생은 드물어. 너무 건강이 나빠 마시자마자 토하는 아이를 빼고는. 우리 반의 로니는 매일 우유를 얻어. 그런데 걔는 오늘 결석이니까 다른 아이가 그 몫을 얻을 거야.

콜라? 식당에 있어. 복도의 맞은편 끝에. 콜라 마시고 싶으면 거기로 가자. 그렇지만 아이들이 다 교실로 돌아가고 난 다음에. 점심시간은 곧 끝나. 안 그러면 줄을 서서 오래 기다려야 해.

그래, 맞아. 원래 이 학교 건물은 훨씬 더 많은 학생들을 생각하고 지은 거야. 우리 엄마가 학교를 다닐 때만 해도 학생들이 참 많았대. 지난 세월 동안 학생 수는 계속 줄어들었어. 예를 들어 우리 반은 전부 합쳐서 열일곱 명이야. 여자애 여덟 명, 남자애 아홉 명.

왜 학생 수가 주냐고? 여러 가지 이유가 있어. 우선, 많은 부모들이 아이와 함께 다른 지역으로 이사를 갔어. 외국으로 나간 사람도 많아. 그리고 젊은 부부들은 일부러 아이를 낳지 않는대. 아이가 이런 비참한 세상을 살아가는 걸 원치 않아서. 그리고 병들거나 기형으로 태어나는 아이들도 많아.

또 많은 아이들이 사고의 후유증으로 죽었다는 점도 염두에 두어야 해. 젖먹이 때나 아주 어렸을 때 방사능 피폭, 그러니까 방사능에 쏘이면 그 후유증으로 병에 걸릴 위험이 특히 크대. 백혈병이나 갑상선암 같은 병 말이야.

그래, 병이 낫는 아이도 있기는 하지. 그렇지만 치료 과정이 너무 힘들어. 환자뿐 아니라 온 가족이 녹초가 되지. 모든 환자가 다 그걸 이겨내지는 못 해. 또 치료에 드는 많은 돈도 문제야.

의료보험? 있기야 하지. 그러나 이미 오래전부터 비상시에 꼭 필요한 응급치료 비용만 보험이 내준대.
원전 사고 직후 방사능 피폭 희생자들의 참상은 두 눈 뜨고 지켜볼 수 없었대. 할머니는 나에게 후쿠시마 희생자들의 고통을 이야기해 주셨어. 후쿠시마······.

2011년 일본의 후쿠시마에서 지진 해일로 어마어마한 원전 사고가 일어났대. 일본 사람들은 비극을 애써 잊으려고 안간힘을 쓰며 그 일에 대해서 철저히 침묵한대. 바로 지금 우리가 그러는 것처럼.

그러나 지금은 숨길 것도 없어.

우리의 초대형 원전 사고에서 목숨을 잃은 사람들은 19,000명이래. 공식적으로 발표한 숫자야. 그렇지만 실제로는 훨씬 더 많대. 어디서나 그런 얘기를 들을 수 있어. 사고가 일어난 뒤 후유증으로 죽은 사람들까지 치면 이제 십만 명을 훌쩍 넘긴다고 해. 앞으로도 후유증으로 죽는 사람들은 계속 늘어날 거야. 로니만 생각하면 가슴이 먹먹해…….

저기 벽에 걸린 커다란 흑판이 뭐냐고? 거기에는 우리 학교에서 죽은 아이들의 이름과 사진을 차례로 걸어 두었어.

9

내가 엄마와 아빠 가운데 누구를 더 닮았냐고?

사람들은 아빠를 닮았다더라. 적어도 내 머릿결은 아빠와 똑같대. 눈도 아빠처럼 갈색이고, 검고 짙은 눈썹도. 내가 아빠와 다른 점은 여기 오른쪽 뺨의 주근깨야. 이걸 봐.

비다라는 이름은 스페인어로, '생명'이라는 뜻이래. 내 오빠가 죽은 채 세상에 태어나서 부모님이 내 이름을 그렇게 지었대. 만약 '생명'이라고 이름을 지어 줬더라면, 지금 나는 '생명 보른발트'라고 불리겠지. 비다라는 이름이 차라리 나아.

내가 좋아하는 과목? 나는 정치가 가장 재미있더라. 그리고 환경 보호도. 그렇지만 환경 보호가 독립된 과목은 아니지. 우리 학교에서는 정치와 환경 문제를 가지고 자주 토론을 해. 아무래도 가장 열띤 토론은 윤리를 주제로 할 때야. 나는 주로 할머니와 그런 문제들을 가지고 이야기를 나눴어. 내 호기심은 할머니에게 물려받은 거야.

성적이 좋으냐고? 허 참, 별 걸 다 묻네. 어쨌거나 우리 반에서 어느 모로 보나 최고야. 틀림없이 가장 호기심이 강한 학생이지. 그리고 표현력이 좋다는 말을 많이 들어. 내가 말하는 걸 듣고 있으면 마치 어른이 이야기하는 것 같대. 아무래도 어려서부터 할머니하고만 이야기를 해서 그럴 거야. 할머니 말고는 얘기 상대가 아무도 없었거든.

나는 세상을 알고 싶어. 왜 이런저런 일들이 일어나는지, 또 그게 다른 일과는 어떻게 맞물리는지도.
수업에 좀 더 집중한다면 성적은 더 좋아질 거야. 그렇지만 생각할 게 너무 많아. 나는 그게 맞는 말인지 속속들이 살펴보기 전에는 누구의 의견도 그냥 받아들이지 않아.

또 그게 형편없다고 해도, 내 성적 말이야. 오로지 '양'하고 '가'만 있다고 해도 관심을 가질 사람은 아무도 없어. 엄마는 칭찬도 벌도 주지 않아. 그냥 아무 말 없이 성적표에 서명만 해. 성적표를 들이밀고 볼펜만 쥐어 주면 무사

통과야. 그리고 아빠는 우리랑 같이 살지 않아.

그리고 설령 성적이 나빠서 부모가 벌을 준다고 하더라도 그게 내 생활을 바꿀 이유는 되지 않아. 호기심이 일어나지 않는 걸 알려고 애쓰고 싶은 생각은 조금도 없어. 그렇지만 중요하다고 생각하는 건 끝까지 물고 늘어지지. 예를 들어 내 미래가 어찌될까 하는 물음 같은 거 말이야.

히히, 너희가 듣기에 재밌는 얘기는 아니겠구나. 무엇보다도 나를 괴롭히는 물음은 학교를 마치고 난 다음에는 뭘 할까 하는 것이야. 나는 돈도 없고 물려받을 유산도 없어. 할머니와 할아버지가 살던 집 말고는 아무것도 없지. 집이 남아 있기는 하지만, 그것도 지금은 금지구역 안에 있어. 거기는 모든 게 방사능으로 오염되어 아무도 살 수 없어. 그래서 누구도 그 집을 사려고 하지도 않아. 아빠가 때때로 돈을 보내기는 하지만, 아주 조금이야. 그러니까 우리는 엄마의 저 쥐꼬리만 한 생계보조금으로 살아갈 수밖에 없어.

10

맞아, 아프셔. 오래전부터.

우울증. 대개 온종일 소파에 누워 눈을 감고 졸거나 벽을 뚫어져라 노려봐. 목욕? 내가 한참 어르고 달래야 간신히 몸을 움직여. 엄마를 욕조까지 데리고 가려면 몇 시간은 걸리는 거 같아.

욕조는 아주 낡았어. 커다란 얼룩이 생겼을 정도야. 할머니는 욕조를 두고 "왕년의 럭셔리"라고 불렀어. 그래서 우리는 욕조를 "왕년"이라고 불러.

무슨 뜻인지 모르겠다고? 글쎄 뭐라고 옮겨야 좋을까? '왕년'은 '옛날에는' 하는 뜻이야.

그래도 잘 모르겠다고? 맞아, 단어가 너무 구식이야. 너희는 그걸 "아주 먼 옛날에" 하고 옮겨도 좋아.

새 욕조는 너무 비싸. 새걸 살 형편이 안 돼. 그나마 그거라도 있어서 얼마나 다행인지 몰라. 예전에 살았던 집에는 샤워장만 있었어. 이후 국가가 지은 임시 거처는 으레 그랬어. 욕조를 들여놓지 않아야 싸게 먹히니까. 또 그래야 물을 절약할 수도 있고.

목욕하고 난 다음에는? 그럼 나는 엄마 몸을 깨끗이 닦아주고 옷 입는 걸 도와. 그러나 엄마가 혼자 있고 날씨가 좋을 때면 희한한 일도 벌어져. 엄마가 몸에 목욕 수건만 두른 채 뒷문으로 나가 수건을 던져버리고는 눈을 감고 햇살 아래서 팔을 벌리고 서 있는 거야. 이웃집 아줌마한테 들은 이야기야. 정원의 수풀 뒤로 난 길을 가다가 그 장면을 보았대. 봄날인데 그날은 이상할 정도로 따뜻했대. 벚꽃이 피던 때라 나무에는 거의 잎도 없었어. 여름이면 수풀이 무성해서 길에서 엄마를 볼 수가 없거든.

엄마는 목욕을 하고 나면 기분이 좋아질 때가 많아. 그럼 엄마와 이야기도 나눌 수 있어. 슬픈 이야기만 빼고 말이야. 서글픈 얘기를 들으면 엄마는 눈을 감고 아무 말도 하지 않아. 그래서 대개 학교에서 있었던 자잘한 일들을 얘기해.

아니, 엄마는 술은 마시지 않아.

약물? 그런 것도 하지 않아.

엄마는 세상을 살아가기가 버거운가 봐. 이후의 삶을 말이야. 나는 엄마가 스스로 자신에게 해를 입히는 건 아닌지 늘 두려워. 최소한 그런 시도라도 할까 봐. 그래서 학교에 있더라도 늘 엄마 생각뿐이야. 학교에서 돌아오면 거실 문을 조용히 열기 전에 크게 숨을 들이마셔.

언니나 오빠? 아냐, 없어. 물론 나보다 두 살 많은 오빠가 있기는 했지. 내가 벌써 말하지 않았던가? 오빠는 죽어서 세상에 태어났다고 말이야. 오빠는…… 심한 기형이었대.

그 얘기는 더 하고 싶지 않아. 그저 오빠는 살아남을 수 없었다는 것밖에는.
오빠 생각은 거의 안 해. 어차피 알지도 못 하는 걸. 할머니가 얘기해 줘서 그 정도나마 아는 거야. 엄마는 그 얘기를 절대 안 해.

그래, 내가 엄마의 유일한 자식이야.

물론 엄마 노릇을 전혀 할 수 없는 엄마를 가졌다는 게 좋지는 않지. 늘 엄마 걱정만 해야 하니까. 그래도 엄마가 좋아! 엄마를 도울 때마다 행복해! 그리고 아주 드문 일이지만 엄마가 자리에서 일어서면 나는 기쁨으로 터져 나오는 소리를 참느라 진땀을 빼.

다만 걱정이야. 엄마를 버려두지 않고 어떻게 내가 직업 훈련을 받거나 공부를 할 수 있을까? 내가 살아가는 목적이 오로지 엄마만 돌보는 것일 수는 없잖아? 내 꿈은 어떤 위대한 일이 이루어지도록 노력하며 사는 거야. 그러나 엄마를 내버려두지 않고 어떻게 그럴 수 있을까?

11

그래, 시간이 있을 때마다 그런 고민을 많이 해. 생각이 중요하다는 건 할머니한테 배웠어. 할머니는 내가 태어나기 전에 벌어진 많은 일들을 설명해 주셨어. 할머니가 태어나기 전의 일들도. 할머니와 함께 숱한 생각을 해 보았지. 나치스가 무엇인지, 학생운동을 벌였다는 '68세대'가 누구인지, 지난 세기 70년대의 '반핵운동'과 80년대의 '평화운동'에 대해서도……. 원자력 폐기물을 처리하는 문제를 두고 사람들이 격렬한 데모를 벌였다는 얘기도 들었어. 그렇지만 정부에서는 폐기물의 최종 보관소를 찾을 때까지 어쩔 수가 없다고 핑계를 댔대.

우리는 그런 보관소를 여전히 갖지 못했어!

원자력 사업을 하는 사람들은 핵의 위험을 될 수 있는 한 줄여서 이야기하려고 안간힘을 썼대. 대체 그 사람들은 뭘 위해 그런 걸까?

그래, 너희가 왜 웃는지 알아. 내 물음의 답은 그동안 전 세계 사람들이 다 알게 되었으니까.

그리고 할머니와 나는 거듭 우리의 원전 사고를 두고 이 야기를 나눴어. 왜 모든 게 이 지경까지 이르러야만 했을 까?

우리에 앞선 세대들은 원자력 산업을 너무 위험하다고 금지시켰어야 마땅했어! 그런 노력이 훨씬 더 빨리 시작되 었더라면 대체 에너지를 찾는 데 성공하지 않았을까! 핵의 이용을 일찌감치 막았더라면 얼마나 많은 고통을 줄일 수 있었을까! 인간이 핵에너지를 안전하게 다스릴 수 없다는 점은 그전에도 벌써 여러 차례 확인되었으니까 말이야.

차라리 내 얘기를 더 해 달라고? 내가 어떻게 사는지 더 궁금하다고? 그렇지만 내가 무슨 생각을 하고 사는지 그 것까지 밝혀야 하는 건 아니잖아? 내 머릿속에서 무슨 생 각이 꼬리를 물든, 어떤 감정이 나를 움직이든, 지금 이 상 황과 떼어 놓고 말할 수는 없어. 그러니까 내 개인 이야기 를 하더라도 결국 모든 건 원전 사고와 맞물릴 수밖에 없 다고.

할머니가 살아 계신 동안에는 모든 게 지금보다 훨씬 더 나았어. 할머니는 엄마와 나를 정성껏 돌봤으니까. 관청에 편지를 쓰고, 장을 봐 끼니를 챙겨 주셨어. 나와 머리를 맞대고 숙제도 하고. 내가 아팠을 때 할머니는 정말 정성으로 간호해 주셨어. 내가 학교에 가 있는 동안에는 엄마를 절대 홀로 버려두지 않으셨어.

할머니는 나이를 먹어도 생각이 굳어지지 않았어. 약한 모습을 보이신 적이 없어. 항상 호기심에 넘치고 적극적이셨지. 바로 그래서 할머니가 참 좋았어. 나는 언제나 할머니와 같은 어른이 되고 싶다는 생각을 해.

할머니가 돌아가신 지 삼 년이 흘렀어. 그때부터 모든 걸 내가 알아서 해야 해. 살림, 관청 가기, 엄마 돌보기, 공부하기 등 정말 숨 돌릴 겨를이 없어. 내 담임 쌤은 내가 그래서 더 성숙해졌다고 하더라. 그럴 수도 있겠지. 어른이 된다는 걸 항상 멋진 일로만 생각해 왔어. 그러나 지금 모든 걸 나 혼자서 해야 하니까 외롭고 힘들어.

종이 울리네. 점심시간이 끝났다는 걸 알리는 종소리야. 모두들 자기 교실로 되돌아갈 때까지 우리는 여기 머무르자. 뛰어가는 아이들과 뒤섞이면 안 되니까.

45

12

내가 네 살 때 우리 부모는 헤어졌어. 아빠는 외국으로 갔지. 파타고니아로.

그래 맞아. 바로 너희 나라야. 칠레, 남아메리카의 남쪽 끝이지. 지금 아빠가 사는 곳에서는 지평선에서 티에라 델 푸에고, 곧 '불의 섬'을 볼 수 있대.

왜 이민을 갔냐고? 방사능으로 오염되고 갈수록 가난해지는 이곳 독일에서는 전혀 기회를 찾을 수 없으니까. 또 그곳엔 눈을 씻고 봐도 원자력 발전소가 없으니까.

단 한 번, 그것도 잠깐 동안 아빠는 우리를 찾아왔었어. 내가 세 살 때였는데, 낯선 남자가 무척 두려웠던 기억이 나. 더욱이 아빠는 뺨에 커다란 흉터가 있거든. 흉터가 있는 남자는 그때 처음 보았어. 당시 아빠의 얼굴이 어떻게

생겼는지 눈여겨보지 않았어. 학교에 가면서부터 친구들은
모두 아빠가 있다는 걸 알게 되었지. 나는 친구들에게 항
상 이렇게 말했어.

"우리 아빠는 멀리 갔대."

집에 와서 엄마에게 아빠 사진이 있냐고 물어봤어. 엄마
는 고개만 젓더라. 나중에 할머니가 나에게 말해 주셨어.
엄마는 아빠 사진을 숨겨 놓았다고.

그런데 열 살 생일을 맞았을 때 아빠가 사진 한 장을 편
지와 함께 보내왔어. 그때부터 아빠가 어떻게 생겼는지 알
게 되었지.

잠깐만. 빗방울이 떨어지기 시작하네. 이런! 지금 빨리 비
가 새는 곳에 양동이를 받쳐 놓아야 해. 그래야 기구나 바
닥에 물구덩이가 생기지 않지. 그럼 아주 보기 싫은 자국이
남거든. 여기서 잠깐 기다려 줄래. 곧 올게.

너희 두 명이 나를 돕겠다고? 좋았어! 그럼 저기 있는 양
동이를 들고 나를 따라올래? 저건 기증 받은 거야. 아마
프랑스에서 왔다지.

13

자, 이제 끝냈다. 도와줘서 고마워!
하늘이 온통 잿빛이네. 구름으로 가득 찼어.

이 고무 앞치마는 왜 입느냐고? 우리는 빗물 받는 일을 할 때 항상 앞치마를 둘러. 안 그러면 금방 온몸이 젖어 버리니까. 그리고 천장에서 떨어지는 물은 매우 더러워. 앞치마로 바지와 티셔츠를 보호하는 거지. 우리는 갈아입을 옷이 없으니까.

나? 나는 고작 바지 두 벌과 티셔츠 네 장, 그리고 점퍼 하나가 다야. 그리고 선물로 받은 이 청바지 외에 면바지가 하나 더 있어. 입고서 기분 좋은 티셔츠는 단 한 장이야. 다른 것들은 벌써 너무 작아. 게다가 하나는 이미 색이 다 바랬고.
한여름이면 윗옷을 단 하루만 입어도 빨아야 해. 땀을

너무 많이 흘리니까. 그럴 때는 빤 것이 마를 때까지 하는 수 없이 작은 옷이라도 입어야지.

티셔츠 한 장은 벌써 몇 번이나 기웠는지 몰라. 다행히 천에 무늬가 들어가서 기운 부분을 사람들이 잘 몰라봐. 하지만 조금만 격한 운동을 해도 금방 찢어져. 이건 곧 버리고 새 옷을 사야 해. 그러자면 한동안 저금을 하는 수밖에 없어.

지금 입고 있는 이 옷? 그래, 보기도 좋고 나한테 잘 맞아. 하지만 내 것이 아니라 학교 거야. 내가 너희와 같은 그룹을 안내할 때마다 입는 옷이지. 안내하기 전에 재빨리 갈아입어. 이건 교장 쌤이 마련해 주신 거야. 학교를 대표하는 내가 초라해 보이면 안 되잖아.

아빠? 아빠는 지난 번 편지에서 내 생일에 뭐 특별히 원하는 게 있냐고 물었더라. 처음에는 새 티셔츠를 부탁하고 싶었어. 그런데 이내 생각이 바뀌더라. 아빠가 어떤 티셔츠를 보낼지 누가 알아. 혹시 앞에 미키마우스라도 그려진 걸 보내는 날이면? 아니면 저 말도 안 되는 이상한 소리를 적어 놓은 거나. 또는 빨 때마다 다림질을 해야 하는 거라

49

면 곤란하지. 잘 맞지 않으면 바꾸러 갈 수도 없잖아.

그래서 차라리 양털을 보내 달라고 할 생각이야. 거기서는 양털이 여기처럼 비싸지 않을 거 아냐. 칠레 남부에서는 아주 많은 양떼를 키운다고 들었어. 양털을 가지고 스웨터를 짤 거야. 그럼 겨울에 너무 떨지 않아도 될 거야. 바깥뿐만 아니라 집 안에서도. 그럼 난방 에너지도 줄일 수 있겠지.

대체 난방 에너지? 그런 건 그동안 충분히 마련되었어. 풍력, 댐, 바다의 파도, 태양 전지 등으로 전기를 만드니까. 심지어 지금은 사하라 사막에서도 태양 에너지를 전력으로 바꿔 몇 년 전부터 독일 북쪽까지 공급하고 있대. 하지만 비싸! 전기 난방을 할 수 있는 사람은 극소수에 불과해.

그래, 우리 집에도 전기는 들어와. 그거야 옛날부터 그랬지. 하지만 나는 꼭 필요할 때에만 난방을 켜. 그래도 너무 추우면 나무를 때. 지금 우리가 사는 낡은 집에는 아주 오래된 난로가 있어. 거기에 숲에서 주워온 마른 나뭇가지들로 불을 피워. 그렇게 나뭇가지들을 주워오는 데에는 돈이 들지 않아. 나는 주로 일요일에 숲으로 가서 가지들을 주워. 숲에 가면 나처럼 땔감을 주우러 온 친구들을 많이 만나. 너희들 이곳 숲에 가 보았니? 거기서 가지나 솔방울을 찾기는 힘들어. 모두 깨끗이 주워 갔으니까.

그럼 이제 아래로 내려가 볼까?

아직도 비가 오네. 본격적인 장마인가 봐.

장마는 감자에 좋아. 우리 집 뒤 정원의 덤불 옆에 나는 조그만 텃밭을 만들어 두었어. 지난봄에 거기에 감자를 심었거든. 감자 농사를 어떻게 짓는지는 여기서 멀지 않은 곳에 사는 어떤 할머니가 하는 걸 어깨 너머로 훔쳐보고 배웠어. 그 할머니는 사고가 나기 전까지 농장을 했었대. 그래서 할머니는 감자 농사를 어떻게 짓는지 잘 알아. 다음에 아빠에게 편지를 쓸 때에는 직접 키운 감자를 엄마와 내가 먹는다고 자랑할 거야. 아빠가 뭐라고 할지 벌써 기대가 되네.

홍당무 씨앗도 뿌렸어. 어떻게 자랄지 지켜봐야지. 벌써 작년부터 우리는 직접 키운 배추와 토마토로 샐러드를 해 먹었어. 내년에는 호박도 심어 볼 거야. 이웃집 아줌마가 호박을 키웠는데 정말 크더라. 그 아줌마가 나한테 어떻게 하면 되는지 가르쳐 준대.

양파와 파슬리? 벌써 심었어. 그런 채소들은 이 집으로
이사 오자마자 할머니가 심었거든. 대파하고 고추도. 그렇
지만 이제 밭일은 할머니보다 내가 더 잘 알아.
그게 정말 자랑스러워!

14

아빠의 직업? 엔지니어야. 태양 전지 전문가이지. 아빠는
칠레 회사에서 일해. 하지만 사는 집은 도시 근처의 목장이
야. 양을 키우는 목장이래. 아빠는 처음에 불법으로 건너
간 탓에 그 목장에서 양털 깎는 일을 했대. 당시엔 스페인
어를 할 줄 몰라서 그랬던 거지. 아빠의 새 아내는 그 목장
주인의 딸이래.

그래. 예전에 나는 아빠가 생일과 크리스마스에 보내 주
는 편지에만 답장을 썼어. 그것도 내가 쓰고 싶어서가 아
니라 할머니가 썼으면 하고 바랐으니까. 나한테 아빠야 낯
선 남자였을 뿐이야. 할머니가 아빠에게 자주 편지를 써서
엄마와 내 소식을 알렸어. 할머니가 돌아가시고 나서는 내
가 편지를 쓰지. 편지를 쓸 때마다 아빠가 더 친숙해져. 그
동안 아빠보다 내가 더 자주 편지를 보냈어. 이해는 해. 아
빠는 나처럼 혼자가 아니니까. 아마도 회사나 집에서 할

일이 많은가 봐. 목장 일도 여전히 돕는다고 하더라. 그래
도 아빠는 나에게 편지 쓰는 걸 잊지는 않아.

아빠의 회사? 그 회사는 풍력 발전 설비를 만들고 실제
설치도 한다더라. 파타고니아에는 언제나 바람이 분대. 심
지어 허리케인도 자주 불고.

태양 전지 전문가가 왜 풍력 발전 회사에서 일하냐고?
그 사정은 이래. 예전에는 풍력 발전에 필요한 모든 부품
을 칠레 중부에서 만들어 남쪽으로 수송해 와 조립했대.
그래서 돈이 아주 많이 들어갔대.

그래서 지역의 젊은 사람들이 따로 회사를 세우기로 한
거래. 재생 에너지만 전문으로 하는 회사를 말이야. 그때까
지만 해도 사람들은 재생 에너지라는 이름만 알았대. 풍력
발전뿐만 아니라 태양 전지도 있다는 이야기를 듣고 그것
도 함께 개발하기로 계획을 짜고 전문가를 찾은 거야. 그
때 아빠가 지원을 했어. 사장은 아빠를 보고 매우 마음에
들어 했대. 아빠는 사업하는 걸 좋아할 뿐만 아니라, 그 어
떤 위험도 두려워하지 않았으니까. 그들은 아빠를 채용했
어. 처음에는 시험 삼아 말이야.

처음에 아빠는 스페인어를 하지 못해 낮은 보수로만 만

족해야 했대. 그래도 일자리를 찾았다는 게 너무 좋았대! 당시 파타고니아에는 일자리를 찾지 못한 사람들이 아주 많았거든. 우리 독일에서 사고가 난 이후 많은 유럽 사람들, 특히 독일 사람들이 그곳으로 건너갔으니까.

벌써 십 년이 넘은 이야기야. 아빠는 지금 그때보다 더 많은 돈을 벌어. 그래도 우리에게 많이 보내지는 못 해. 아빠는 자기 집을 지으려고 저축을 하니까. 아내와 아이들을 데리고 오래 장인에게 얹혀살기는 싫다는 거야.

아이들? 아들만 둘이야. 로드리고와 파블리토. 아빠는 걔들 사진도 보내 줬어. 할머니도 살아계셨을 때야. 사진을 보고 할머니는 둘째가 나와 닮았다고 하더라. 둘째도 갈색 머리와 갈색 눈을 가졌거든. 그리고 아빠의 호기심 어린 눈길도. 그러나 눈썹이 나처럼 짙지는 않더라.

그래, 알아. 그 아이들하고 나는 형제라 할 수 있지. 하지만 약간 닮았다는 거 빼고는 나하고 걔들하고 공통점이 뭐지? 내가 잘 모르는 아이들일 뿐이야. 걔들이 내 친형제라는 생각은 지금껏 단 한 번도 해보지 않았어. 걔들과 나를 묶어주는 유일한 공통점은 내 아빠이지. 그러나 나는 아빠에 대해서도 거의 잘 몰라.

아이들에게 편지를 썼냐고? 걔들은 독일어를 몰라. 아빠
가 편지에 그렇게 썼더라. 나는 스페인어를 할 줄 모르고.
내가 편지를 쓰면 아빠가 스페인어로 옮겨 줘야겠지. 걔들
편지는 독일어로 옮기고. 그러나 아빠가 편지에 썼듯 그럴
시간이 없대.
  내가 거기로 가는 게 어떠냐고? 내가 파타고니아로?

아니, 여비는 문제가 아니야. 이민을 가고 싶은데 돈이
없는 사람은 정부에 무이자 대출을 받을 수 있어. 우리 정
부는 돌봐야 할 국민이 한 사람이라도 줄어드는 게 반가
우니까. 대출 받은 돈은 다른 어딘가에 정착하고 난 다음
에 차츰차츰 갚아도 돼.
  아냐, 그래도 안 돼. 엄마 때문에. 엄마를 홀로 여기 내
버려둘 수는 없어. 물론 돌보지 않아도 될 정도로 엄마가
건강해진다면야 얼마나 좋겠어. 나는 언제나 멀리 나아가
고 싶었어. 아주 멀리. 하늘도 땅도 방사능에 오염되지 않
은 곳으로! 살아있는 기쁨을 만끽할 수 있는 곳으로! 학교
현관의 흑판에 죽은 아이들의 사진을 걸어 두고 기념하지

않는 곳, 마음껏 뛰어놀며 활짝 웃을 수 있는 곳, 끊임없이 이전과 이후를 이야기하며 죽음을 기억하지 않아도 되는 바로 그런 곳으로 말이야. 온갖 향기가 만발하고 햇살이 반짝이며, 모든 게 활짝 열려 삶의 기쁨을 노래하는 바다 가까운 곳이면 좋겠어. 일렁이는 수평선을 바라보며 구름과 파도를 감상할 수 있는 곳이면 얼마나 좋을까. 모든 게 생동감에 넘치잖아. 방사능에 더럽혀지지 않은 물고기들이 뛰어노는 바닷가에서 살 수만 있다면…….

15

엄마를? 데리고 가면 되지 않으냐고?

그건 엄마가 원하지 않을걸. 엄마의 상태가 어느 정도 좋았을 때, 엄마는 소파에 누워 나에게 이렇게 말했어.
"여기가 내 집이다. 여기 말고는 어디도 가고 싶지 않아."

내가 혼자 갈 수 있게 엄마와 얘기를 해 보라고? 아마 엄마는 반대하지 않을 거야. 그렇지만 거기 가서 늘 엄마 생각만 할걸? 엄마 걱정으로 마음이 편치 않을 거야. 그런 불편한 마음으로 살고 싶지는 않아.

엄마는 열세 살 때부터 거의 항상 저렇게 아팠어. 물론 엄마에게도 좋은 시절이 없었던 건 아니야. 아빠를 알게 되었을 때는 정말 예뻤대.

할머니가 그러시는데 그때는 엄마가 완전히 다른 사람 같았대. 당시 아빠는 대학생이었고, 대피하지 않아도 되는 지역에서 왔대. 아빠가 큰 소리로 자주 웃는 모습에 엄마뿐만 아니라 할머니도 기분이 좋았대. 제대로 반한 게 틀림없어! 아빠가 함께 식탁에 앉아 식사를 할 때면, 왁자지껄 한바탕 난리였대. 우리 엄마가 웃을 수도 있다니! 그 생각만 하면 놀라워. 엄마와 웃음이라…… 만약 시간을 거꾸로 돌려놓는다면 나는 엄마를 못 알아볼 거 같아. 생각해 봐, 아직 결혼하지 않았던 시절 아빠를 향해 달려가는 엄마의 모습을! 엄마가 아빠의 이름을 부르는 소리는 마치 기쁨의 비명과도 같았대!

아, 지금이라도 엄마가 그럴 수만 있다면!

형제자매? 엄마의? 뭐라고 해야 좋을지 모르겠네, 있었다가 없어. 엄마에게는 로잔나라는 여동생이 있었어. 그렇지만 이모는 벌써 오래전에 죽었어.

엄마의 이름은 코리나야. 엄마의 어린 시절 사진이 몇 장 있어. 나는 그 사진들을 자주 봐. 어떤 쪽이 엄마이고 누가 이모일까? 초등학교 입학식 날 학교 건물 앞에서 찍은 사진으로는 엄마와 이모를 구별할 수가 없어. 둘 다 정말 예뻐.

이제는 왜 그런지 알아. 엄마와 이모는 일란성 쌍둥이야.

면역력이 약했대. 쌍둥이는 태어나기 몇 달 전에 방사능에 오염되고 말았대. 그러니까 사고 이후 몇 달 뒤에 태어난 거지.

로잔나 이모는 늘 아팠대. 그래서 초등학교 2학년 때부터는 학교도 가지 않았어. 학교만 갔다 하면 병을 한 가지쯤 얻어가지고 왔으니까. 할머니는 이모를 집에서 공부시켰대.

엄마와 이모는 좋아하는 색깔이랑 동물도 똑같았고, 심지어 습관과 소질까지 판박이였대. 취미도 결점도 같았고. 둘 다 양배추 요리를 싫어했고, 사과를 갈아 넣어 만든 팬케이크를 좋아했대. 아무튼 모든 게 똑같았나 봐.

모두 할머니한테 들은 거야. 엄마에게는 아무 말도 못들었어.

그러다가 로잔나 이모는 자리에서 일어나지도 못 할 정도로 병이 깊어졌어. 그다지 해가 없는 편도선염 때문에 죽었대. 열세 살에.

할머니 말로는 엄마가 정말 슬퍼했대. 친구를 사귀어 보라고 해도 로잔나와 비교할 수 있는 애는 없다며 고개만 가로저었대. 엄마는 이모가 죽었든 살았든 자신의 유일한 친구라고 굳게 믿은 거야.

내가 엄마와 같은 방을 쓰던 무렵, 한밤중에 엄마가 로잔나를 부르는 소리를 들었어. 심지어 많은 경우 대화를 나누기도 하더라!

무슨 말을 하는지는 알아듣지 못했어. 워낙 작은 소리로 중얼거렸으니까.

할머니 말로는 이모가 없어서 엄마는 자신이 반쪽뿐이라고 느끼는 거래. 마치 정확히 절반을 딱 갈라놓은 것처럼.

참 이상하지. 내 이모는 늘 열세 살로 남아 있어!

16

할아버지? 아주 비참하게 돌아가셨어. 암으로.

그래도 할아버지와 할머니는 정말 부자였대! 할아버지는 고조할아버지로부터 치과 병원과 집을 물려받았대. 고조할아버지는 원자력 발전소가 들어서기 몇 해 전에 집을 지었는데, 그게 사고 장소로부터 고작 12킬로미터 떨어진 곳이 될 줄이야 꿈에도 몰랐지!

할머니와 할아버지는 폭발이 일어나자마자 차를 타고 도망갔대. 아직 거대한 검은 연기가 발전소를 뒤덮고 있을 때 말이야.

공식적인 대피령은 나중에야 내려졌대. 지역의 많은 주민들은 그곳을 떠나기 전에 이미 방사능에 노출되고 말았어. 특히 어떤 이유로든 야외에 머무르던 사람들이 극심한 피해를 보았어.

후쿠시마 사고 이후와 마찬가지로 당시 정치가와 원자

력 산업 경영자들은 잘못된 정보를 흘렸어. 사고의 위험을 될 수 있는 한 줄이려 했지. 자신들도 도망갔으면서 말이야. 당시 바람이 베를린 쪽으로 불었으니까.

충격이야 엄청났지. 누구도 그런 일이 일어날 거라고 짐작조차 못 했으니까. 그렇게 갑자기, 강력한 폭발이! 모두들 설령 그런 일이 일어났다 하더라도 어디 다른 곳이기를 바랐지. 그게 아니라면 차라리 테러가 일어났던가. 이를테면 비행기가 원자력 발전소와 충돌하는 식으로 말이야. 그랬다면 적어도 책임감을 느끼지 않아도 될 테니!

돌아가시기 전에 할머니는 한숨을 쉬며 이렇게 말하곤 했어.

"다시금 우리는 너무 경솔했어. 다시금 필요한 만반의 준비를 해두는 걸 잊어버렸어."

물론 사고가 일어났을 때를 대비한 계획은 있었지. 그러나 내가 잘못 아는 게 아니라면, 그저 원자력 발전소가 서 있는 지역에만 해당하는 계획이었어. 그때까지 우리나라에서 심각한 일은 일어나지 않았기 때문에 해당 관청은 매해 또는 적어도 2년에 한 번씩, 그거 뭐라고 하지, 아 그러니까 계획을 업데이트하지 않았어.

그리고 그런 계획을 직접 짠 사람이 아니면 누가 그 계획을 꼼꼼하게 읽어나 보겠어?

너희 말이 옳아. 아마 누구도 그럴 필요가 없다고 생각했을 거야.

그래. 또다시 인간이 실수를 저지른 '인재'이지. 체르노빌 때와 마찬가지로. 그리고 할머니가 그러는데 후쿠시마의 사고도 지진과 해일만이 그 끔찍한 결과의 원인일 수는 없다고 했어. 일본 사람들은 자기네 나라에 지진이 자주 일어난다는 걸 잘 알았잖아. 그런데도 왜 50개나 되는 원자력 발전소를 그 흔들거리는 섬에 세우도록 내버려두었을까?

그래, 바로 그거야. 사람들은 처음부터 원자력 산업 추진자들이 하는 말을 곧이곧대로 믿었던 게 분명해. 될 수 있는 한 위험을 축소하고 아무런 해가 없는 것처럼 과장한 거야. 또 그런 사고가 일어난다고 해도 몇 백 년에 한 번 있을까 말까 하다고 허풍을 떨었겠지. 핵에너지만큼 값싼 에너지를 얻을 길은 달리 없다면서 말이야. 그리고 원자력 발전이 없으면 우리는 모두 전등을 꺼야만 한다고 을러댔겠지. 아무튼 그런 식으로.

그러나 해가 갈수록 독일에서 원자력 산업을 반대하는 여론의 목소리가 커져 갔어. 그리고 독일만 그런 게 아니었어. 원자력 발전소를 가진 유럽 다른 나라들의 국민들도 바로 가까이서 무슨 일이 벌어지는지 보고는 불안해졌어.

원자력 산업을 반대하는 목소리가 전 유럽을 뒤덮었어. 한때 유럽의 대도시들마다 수십만 명이 참가하는 데모가 벌어졌을 정도야.

이후 30년 이상이 흘렀어. 원자력 산업은 그동안 거의 된서리를 맞았어. 심지어 프랑스에서도. 물론 끈질긴 협상 끝에 말이야.

지금 너희에게 할머니한테 들은 사건을 하나 이야기해 줄게. 체르노빌과 후쿠시마 사이의 그 언젠가 독일 서부의 도시에서 일어나 상당한 소동을 빚은 사건이야. 어떤 중학교의 학생들이 쌤과 함께 해당 관청으로 가서 '원전 사고 대책' 자료를 받아다가 수업 시간에 그걸 다루었대. 놀랍게도 계획안을 읽어 보니 바로 그 학교 건물에 도시의 모든 시민을 위한 요오드 알약이 저장되어 있다는 거야. 그래서 학생들이 교장에게 그게 어디 있냐고 물었더니, 교장도 그런 이야기는 처음 듣는다며 놀라더라는 거야. 그래서 결국 요오드 알약이라는 것 자체가 없다는 게 밝혀졌어! 그리고 도시의 어디에 그런 게 있는지 아는 사람은 아무도 없었어!

요오드 알약? 그건 원전 사고 직후 사람들이 갑상선암을 예방하기 위해 먹어야만 하는 거야. 원전 사고의 혼란 속에서, 사람들이 우왕좌왕하는 난리 속에서 요오드 알약을 찾을 수가 없다면 무슨 일이 일어날까? 참 생각만 해도 끔찍한 일이야. 아이들이 고스란히 희생당할 수밖에 없어. 다행히 아이가 살아남는다 하더라도 부모가 죽겠지. 그럼 아이들은 누가 돌봐?

내 짝은 마르코라는 애야. 걔 엄마는 얼마 전에 암으로 죽었어. 지금 마르코는 이모가 돌보고 있어. 걔가 코를 잡아당길 때마다 울고 있다는 걸 난 알아.

17

 여기가 학생식당이야. 식당은 요리사 자격증을 가진 한
엄마가 몇 명의 자원봉사자들과 함께 운영해. 학생과 쌤들
은 여기서 아주 싼값에 밥을 먹을 수 있어. 모든 재료의 절
반 정도는 기증을 받은 거야.

 아니, 나는 집에서 저녁을 먹어. 엄마와 함께. 엄마가 먹
을 걸 내가 준비해 줘야만 하니까.

 저기는 음료수를 파는 곳이야. 물론 콜라도 있지.

 나? 아니, 지금은 목마르지 않아.
 뭐라고? 너희가 하나 사 주겠다고? 그렇다면 하나 마실
까……

 집에서 무얼 먹느냐고? 지금부터 내가 온갖 맛난 요리들

을 들먹일 거라고 기대했다면 미안하게도 실망을 안겨줄 수밖에 없네.

예전에는 우리 식탁에 무얼 올릴지 늘 할머니가 돌보셨어. 그리고 냅킨이 없는 식사는 결코 있을 수가 없었지. 감자와 요구르트만 먹더라도 냅킨은 필수였어. 냅킨은 할머니가 생각하는 잘 차린 식탁에 반드시 있어야만 하는 거였으니까. 그리고 정성 들여 준비한 후식도. 나는 어려서 후식을 정말 좋아했어. 주식만으로는 배가 부르지 않았거든.

할머니는 정말 대단한 정성을 들였어. 종종 이른 아침의 안개를 뚫고 장에 가서 값싸고 신선한 재료들을 사 오셨어. 그걸 가지고 항상 맛난 요리를 만드셨지. 틀림없이 할머니는 저 출입 금지 구역의 옛날 저택 찬장에 꽂혀 있을 요리책에 나오는 요리법들을 떠올렸을 거야. 지금은 먼지가 잔뜩 쌓이고 거미줄만 무성하겠지…….

그래, 당시에는, 그러니까 내가 어렸고 할머니가 모든 걸 해 주셨을 때는 정말 잘 먹었어.

할머니가 계시지 않은 때부터는? 우리가 배를 주리지 않으려면 내가 모든 걸 해결해야 돼. 하지만 억지로 들이밀어

야 엄마는 조금 끼적거릴 뿐인데 뭐 하러 내가 힘들여 요리
를 해? 벌써 오래전부터 엄마는 입맛을 깨끗이 잊어버렸나
봐. 나도 그래. 그저 배고프지 않으려고 먹을 뿐이야.

의사? 벌써 예전에 불렀지. 의사는 엄마가 병원에 입원하
는 게 가장 좋겠다고 그랬어. 그런데 입원비의 일부는 우리
가 직접 부담해야 한대.
　지금 우리 형편으로는 엄두도 못 낼 일이야.

18

지금 막 앞서 내가 너희에게 보여준 흑판을 생각하고 있어.

학교 현관에 걸린 흑판. 나는 거기를 지나갈 때마다 그 흑판의 사진들을 보며 비교를 해. 죽은 아이가 단 한 명도 없는 반이 있는가 하면, 다른 반은 대개 우리처럼 사진 한 장이 걸려 있어. 최악은 5반이야. 벌써 네 명이나 죽었으니까. 너무 심하지.

우리 반은 지금까지 티나 한 명뿐이야. 작년에 죽었어. 곧 두 명이 될 거야. 두 번째는 아마 로니일 거야.

죽은 아이들의 나이? 일일이 다 알지는 못 해. 어쨌거나 고학년보다는 저학년에 많아. 꼬마들은 큰애들보다 훨씬 일찍 죽어. 뉴스를 보니 두 주 전에 프라이부르크에서 어떤 엄마가 달리는 열차에 몸을 던졌대. 딸이 백혈병으로 죽자 절망한 나머지 그랬다나 봐. 딸은 여덟 살이었고, 외

동딸이었대.

흑판에 걸린 사진 대부분은 갈색으로 바랬어. 벌써 오래 전부터 거기 걸려 있었으니까.

"시간이 약이다."

누군가 죽으면 할머니가 자주 하던 말이야. 어려서는 그 게 무슨 뜻인지 몰랐어. 지금은 알 거 같아. 아니면 안다고 생각하거나. 아마도 '잃어버리는 것에 익숙해진다'라는 뜻 이 아닐까?

티나는 내 친구였어. 우리는 유치원 때부터 같이 붙어 다 녔지. 점심시간이면 나한테 건너오곤 했어. 후식 때문에. 할 머니는 항상 티나 것도 챙겨주는 걸 잊지 않으셨거든.

티나의 집은 우리 맞은편이야. 할머니와 내가 아침에 집을 나서면, 티나의 엄마도 문을 열고 나와 티나를 넘겨줬지.

주말이나 공휴일 오후에 할머니는 티나와 나를 놀이터로 데리고 갔어. 티나와 나는 모래밭에 나란히 앉아 작은 돌 들로 조그만 언덕을 쌓았어. 이 언덕은 폭발한 원자력 발 전소의 폐허를 나타내는 거야.

할머니는 주로 벤치에 앉아 뭔가 짜거나 깁곤 하셨어. 할 머니가 가까이 있어서 나는 안전하다고 느꼈어. 지금도 모래밭에서 놀면서 내가 늘 가지고 다니던 테디 베어 인형을 가까운 나무 등걸에 뉘어 놓았던 게 정확히 기억나. 테디는 대개 쓰러졌어. 그럼 죽은 거야. 폭발 사고로 말이야.

타나도 자기 인형으로 똑같이 했어. 이렇게 외치며 인형을 흔들었어.

"이런 다시 죽었네. 살아나, 안 그러면 후식이 없어!"

그럼 벤치의 엄마들과 할머니들이 웃는 소리가 들렸어. 전혀 우스울 게 없는데 말이야.

너희도 틀림없이 사고가 난 다음 너희 대륙으로 도망간 독일 사람들의 기사를 읽거나 들었겠지? 아주 많은 독일인들이 그곳으로 피신했다더라. 그들 대다수는 거기에 친척이나 아는 사람이 있었대.

너희가 아는 사람 중에도 그런 독일 사람들이 있다고? 아이들과 손자도?

그래? 그럼 너도 틀림없이 당시 사고를 직접 당한 사람의 손자일 거야. 단 한 번도 들은 적이 없다고? 그거야 사고는 벌써 41년 전의 일이니까. 벌써 많은 목격자들이 죽었어.

그가 남겨 놓은 기록을 잘 보관해 둬. 그는 너를 위해서도 그걸 썼을 거야. 아이들과 손자를 위해. 나중에 역사학자들이 소중히 여길 자료가 될 거야.

사고는 정확히 기억해 둘수록 좋다고 했니? 맞아!
우리는 직접 경험하거나 이야기로 전해들은 것을 잊지 말고 우리 아이들에게 전해 주어야 해. 또 우리 아이들은 자신의 아이들에게 전해주고. 그래야 이 미친 짓이 다시는 되풀이되지 않을 수 있어. 모두에게 이야기해 줘야만 해. 잊지 말고!
비가 멎었구나. 저기 바깥의 처마 밑 벤치에 앉지 않을래? 거기는 지금 공기가 신선할 거야. 곧 해가 다시 나올 거야.

19

종이 울리네! 이제 오후 수업의 시작이야.

미안해, 잠깐 다녀올 데가 있어. 얼른 로니가 어떤지 보고 올게. 그런다고 약속했거든. 오늘 중 언젠가 말이야.

로니는 무척 아파 보여. 그래도 지난주에는 매일 학교에 왔어. 로니는 늘 침대에 누워 있으면 미칠 거 같대. 걔네 집은 진짜 대가족이야. 주변에서 크고 작은 소동이 그치질 않아. 엄마와 세 명의 누나들, 그 가운데 두 누나들은 남편이 있고, 한 누나는 두 명의 아이들이 있지. 그리고 거실 한복판에 로니의 침대가 있어. 이제 로니는 스스로 일어서지도 못해서 가족이 한바탕 소동을 벌여도 꼼짝할 수가 없어. 그러나 내가 로니를 굽어보면, 걔는 미소를 지어. 그거 알아? 눈물을 흘리게 만드는 미소가 있다는 걸…….

그래, 로니도 알아. 확실해. 자기가 곧 죽으리라는 걸 알지 못한다면 그렇게 미소를 지을 수 없지.

할 수만 있다면 오후 내내 로니 곁을 지키고 싶어. 로니가 단 한마디도 하지 않더라도. 우리는 그저 그동안 우리가 함께 해온 모든 것을 생각하기만 해도 좋아. 우리는 종종 서로 숙제를 베끼기도 했어. 그리고 로니는 늘 나와 함께 청소를 했지. 거미줄을 보았는데 빗자루가 없으면 로니는 그냥 손으로 해치웠어. 그럼 나는 옆에서 부들부들 떨었지. 나는 거미가 너무 무섭거든. 너희는 안 그러니?

그래, 솔직하기는 하구나.

그러나 로니 곁에 오래 있을 수는 없어. 무엇보다도 그 가족이 떠드는 소리를 참을 수가 없어. 그밖에도 나는 로니와 관심을 가지는 게 너무 달라. 내가 좋아하는 얘기는 로니가 재미없어 해. 로니는 축구 얘기를 좋아하는데, 나는 축구가 별로 흥미 없어.

그리고 엄마도 나를 기다리잖아.

뭐라고? 우리 집에서 만나면 안 되냐고? 엄마가 좋아하지 않을 텐데……. 엄마가 허락을 하더라도 오늘 오후에. 그 전에 먼저 학교에서 만나자.

몇 시가 좋을까? 너희는 언제가 좋겠니? 오후 두 시, 아니면 더 늦게? 아냐, 그건 너무 일러. 좋아, 그러자. 여기 운동장 처마 밑 벤치에서 다시 만나. 그럼 그때까지 안녕!

20

얘들아, 나 다시 왔다!

기다리게 해서 미안해. 생각했던 것보다 로니에게 오래
머물렀어. 오늘따라 특히 창백하고 메말라 보이더라. 예전
에는 힘이 장사였는데……. 로니는 끈질기긴 해. 그러나 오
래 버틸 수 있을 거 같지 않아.

온몸이 땀으로 푹 젖었더라. 의사도 와 있었어. 로니 엄
마는 목 놓아 울더라. 누나들도. 그리고 애들도 엉엉 울고.

로니의 아빠? 감옥에 있어.
로니 아빠는 한밤중에 출입 금지 구역의 빌라에 넘어 들
어가다가 경찰에 잡혔어. 신문에도 크게 났지. 로니는 그것
때문에 무척 힘들어 했어.

사람들은 일 년 내내 그 문제를 가지고 온통 시끌벅적했어. 할머니 말로는 사고가 일어나고 나서 어느 정도 시간이 흐른 뒤에 빈 집을 터는 일은 상당한 이득을 볼 수 있게 해 줬대. 그렇게 해서 많은 도둑들이 백만장자가 되었다는 거야. 텅 빈 거리를 경찰이 계속 순찰을 돌기는 했지만, 약탈을 시도하는 사람들은 끊이질 않았대.

오늘날에도 범죄 조직이 이 구역을 호시탐탐 노린대. 국내 범죄 조직은 물론이고 외국의 범죄 조직까지도. 그곳에 있는 모든 게 생명을 위협할 정도로 방사능에 오염되어 있음에도 말이야. 그리고 약탈을 특히 엄벌에 처한다고 으름장을 놓아도 소용이 없대. 도둑질을 막는 것도 중요하지만, 건강에 심각한 위협을 주기 때문에 엄벌에 처한다고 경고해도 도둑들은 들은 척도 않는대.

약탈자들은 위협을 무릅쓸 만큼 얻는 게 많다고 여기는 거야. 아직도 거기서 찾아낼 게 많거든. 물론 잡히면 훔친 물건을 다 내놓아야지. 그렇게 압수된 물건은 사람들에게 공개돼. 그러나 많은 사람들은 그 물건들에 별 관심을 보이지 않는대. 값비싼 것이라 할지라도 말이야. 원래 주인들은 대개 죽었고, 또 자신이 가졌던 게 어떤 것이었는지 구체적인 특징을 기억하지 못하는 사람도 많대. 또 다른 사람들은 물건이 발견된 곳까지 여행을 하기에는 여비가 너무 비싸서 엄두도 못 내고. 또는 그동안 낡아버려 쓸모가 없어진 것도 많고.

경찰? 경찰은 출입 금지 구역을 순찰 돌 때 특수 방호복을 입어. 얼굴에도 방독면을 쓰고. 그리고 금지 구역에는 두 시간 이상 절대 머무를 수 없어. 그래서 교대를 하지.
처음에는 방호복을 입었어도 많은 경찰관들이 병에 걸렸어. 6반의 엠마 할아버지도 병에 걸린 경찰관 가운데 한 명이야. 끝내 건강을 회복하지 못하셨어.

왜 로니의 아빠가 그런 짓을 했냐고? 가족을 위해 돈이 절실하게 필요했거든…….

로니는 나와 함께 있는 내내 눈을 감고 있었어. 그렇지만 잠이 든 건 아니야. 내가 너희의 인사를 전해 주어도 좋겠냐고 물었을 때 고개를 끄덕였거든.
반에서 로니는 내 뒤에 앉았었어. 나는 '뒤를 돌아 봐, 곧 로니를 더는 볼 수 없게 되잖아' 하는 생각을 많이 했어.
오늘 로니를 찾아가 "안녕, 로니!" 하고 인사를 하면서

나는 내 태도에 무척 놀랐어. 나는 곧 닥칠 로니의 죽음을
벌써 당연한 것처럼 받아들이고 있더구나!

그때 할머니가 했던 말이 떠올랐어. "인간은 믿기 어려울
정도로 적응력이 뛰어나단다. 인간은 모든 것, 특히 죽음에
도 익숙해지지."

너희는 아니라고? 그건 너희가 우리처럼 죽음과 가까이
있지 않아서 그래. 우리는 매일 병에 걸리는 게 아닌지 걱정
해. 감기에 걸릴 때마다, 배가 아플 때마다 혹시 심각한 건
아닌지 두려운 거야. '아, 이제 나도 죽나?' 하고 말이야.

옛날에는 병에 걸리는 것과 죽는 일을 오늘과는 완전히
다르게 바라보았대. 이전에 쓰인 책에서 보고 안 사실이야.
그 책들은 지금도 계속 읽고 있어. 이후 책들보다 훨씬 좋
더라. 즐겁게 살아갈 수 있는 아름다운 세상을 그린 책들
이더라. 해피엔드로 끝날 수많은 기회를 가진 세상!

21

로니가 어디 사냐고? 이 학교 학생들 대다수가 사는 동네에.

자리에서 일어나 돌아서 봐. 저 위에 임시 거처를 지어놓은 게 보이지? 거기가 바로 로니가 사는 곳이야. 그 중간에 있는 축구장은 새로 만든 거야. 얼마 전까지만 해도 시의 땅이었어. 잡풀과 덤불로 무성했지. 한 번도 손을 보지 않았으니까. 마을의 청소년들이 오랫동안 시 당국을 압박해 결국 시가 거기에 축구장을 지어주었어.

확실히 기뻐할 일이지. 청소년들이 승리감을 맛볼 기회를 주니까. 물론 축구장이 만들어지기까지 숱한 일들이 있었어. 시에서는 소유지에 가시철망을 둘러놓았지. 아이들은 그게 무척 약이 올랐어. 물론 그렇다고 해서 시청 건물에 돌을 던져 유리창을 깨지는 말았어야 했지만. 그동안 우리는 다시 잘 지내. 시 당국과 우리 학생들 말이야.

우리 학교의 역사? 옛날에 이곳은 외곽지대의 아이들을 위한 학교였어. 그랬다가 대피한 사람들이 속속 모여들면서 학교의 규모가 커졌지. 이전에 이 지역 학생들은 버스나 전철을 타고 시내에 있는 학교를 다녔어. 지금은 모두 우리 학교에 다녀.

물론이지, 지금이 우리에게는 더 좋아. 굳이 먼 거리를 통학하지 않아도 되니까. 또, 학교를 졸업하고 대학교에 진학하기까지 이 학교만 다니니까 서로 다 친구잖아. 친구들끼리 있으니 더욱 좋지.

우리 쌤들? 대개 좋은 분들이야. 물론 문제가 없지는 않아. 많은 분들이 우리 학교에서 일하는 걸 그리 좋아하지 않아. 이 지역은 상당히 악이 높으니까. 가난한 사람들이 많아서 문제가 많은 지역이거든. 별의별 일들이 다 벌어져. 범죄도 잦고.

많은 젊은이들은 가난이 싫어서 훔치고 빼앗으며 잡힐 위험을 무릅쓰지. 엄마나 아빠가 범죄를 저지르기도 해. 가족이 힘들게 사는 꼴을 보고 싶지 않아서. 로니의 아빠처럼.

22

2020년의 대피령? 그 이야기라면 여기 사람들은 신물이 난다고들 해.

하기야 너희는 남아메리카에서 왔다는 걸 모두들 아니까, 얘기는 해 줄 거야.

자, 그럼 듣고 싶다니 얘기해 줄게.

원자력 발전소로부터 반경 35킬로미터 안에 있던 지역의 모든 것은 남김없이 청소되었어. 그것도 조금의 과장 없이 순식간에. 사람들은 가게를 하든 공장을 하든 농사를 짓든 한 시간 이내에 다른 곳으로 피신해야만 했어. 경찰이 천장, 지하실, 옷장 속까지 샅샅이 뒤져 혹시 남은 사람이 없나 수색을 했어. 힘들여 모은 것을 지키려고 떠나지 않으려는 사람이 적지 않았거든.

그 대피령 이야기를 하도 자주 들어서 나는 마치 내가 현장에 있었던 거 같아.

그 대형 사고로부터 내 출생 사이에 얼마나 많은 시간이 흘렀느냐고? 24년이 넘었어!

모든 게 정말 참혹하기만 했대. 사람들은 울부짖고 애원을 하면서 제발 이것만은 꺼내 가지고 갈 수 있게 해 달라고 매달렸대. 반려동물을 찾을 수가 없어서 애태우는 사람도 많았고, 우는 아이들을 달래느라 진땀을 흘리기도 했어. 사방에서 비명을 질러댔대. "나를 여기 내버려둬! 대체 무덤은 누가 돌보라는 거야?" 또는 "요나스! 요나스! 요 악동 녀석이 어디로 간 거야?" 하거나 "대체 어쩌면 좋아, 팀에게 연락이 안 돼, 엄마! 토요일 우리 결혼식은 어떻게 되는 거야!" 하고 저마다 안타까운 심정으로 소리를 질러댄 거래.

물론 평소에 듣던 잔소리도 적지 않았대. "약 먹는 거 잊지 마!" "너 의료보험증 챙겼어?" 또는 "빌어먹을, 자동차 열쇠는 어디 간 거야?" 하는 따위 말이야.

사건은 평일 오전에 일어났어. 다행히 방학이라 아이들이 집에 있었지.

내 할아버지와 할머니? 할아버지는 그 시간에 병원에서

일했대. 할머니는 빨리 피신하는 것만이 살길이라는 걸 곧
장 깨달았대. 그래서 할머니는 가장 중요한 서류 몇 장하
고 집에 있던 약간의 돈만 챙겨 할아버지에게 가려고 했어.
그런데 할아버지의 서류가방을 찾을 수 없자, 그냥 모든
걸 봉지에 쓸어 담아 병원으로 달려갔대. 두 분은 자동차
로 출발했어.

 뮌헨의 친한 친구에게 갈 생각이었대. 처음에는 속도를
낼 수 있었는데, 얼마 지나지 않아 아우토반이 꽉 막혀 버
렸어.
 피난하는 자동차 행렬로 도로가 꽉 막혔는데, 뒤에서 짐
을 가득 실은 트럭이 할아버지 승용차를 들이받았어.

 백미러로 트럭이 달려오는 걸 본 할아버지는 할머니와
함께 곧장 차에서 빠져나와 겨우 목숨을 건졌어. 트럭과
충돌한 승용차는 완전히 부서졌고 곧장 불길에 휩싸였대.

 맞아, 모든 게 잿더미로 사라진 거야. 서류도 함께 말이야.
 할아버지는 사방으로 전화를 했지만, 혼란 중이라 경찰
은 전화도 받지 않았대. 마침내 어떤 버스 운전사가 할아

버지와 할머니를 태워 주었대.

  아니, 뮌헨으로 간 게 아니야. 버스에는 할아버지와 할머
니가 살던 도시에서 피난 가는 사람들로 가득했어. 다른
구역 사람들이기는 했지만. 할머니는 나한테 이렇게 말해
주셨어.
  "그런 상황에서는 오로지 빨리, 어디로든 피하는 게 중
요해! 낡아빠진 버스에 타고 있다는 것쯤은 아무렇지도 않
았지. 버스는 사람들로 가득했고, 심지어 오줌과 똥 냄새
로 진동했단다. 운전사가 감히 멈출 생각을 하지 못하고
계속 달리기만 했기 때문이야. 그러나 우리는 며칠 뒤면 다
시 집에 갈 수 있을 거라고 믿어 의심치 않았단다."

23

할머니와 할아버지는 운이 좋았어. 버스 기사 아저씨가 포기하지 않고 피난민들을 그 어딘가의 대피소를 찾아 데려다 주려고 혼신의 힘을 기울였기 때문이야. 다른 버스 기사들은 거의 중간에 포기했대. 사고가 난 원자력 발전소 주변의 지역 주민들은 독일 전국의 안전한 지역들로 나눠져 수용되었대. 아무튼 모든 곳의 사정이 비슷했다더라.

여기서는 정확히 무슨 일이 일어났냐고? 할머니와 할아버지를 비롯한 피난민들을 가득 태운 버스는 뷔르츠부르크를 지나 슈투트가르트 가까이에 있는 플로힝겐이라는 작은 도시로 갔어.

왜 그리로 갔느냐고? 버스 기사가 그런 지시를 받았으니까. 그러나 지정된 대피소의 주소로 찾아가 보니 이미 그곳은 자가용을 타고 온 피난민들로 가득 차 있었대. 한동안 이리 저리 전화를 해 본 끝에 기사는 프라이부르크의 남쪽 지역, 곧 프랑스와 스위스와의 국경 지역으로 가라는 새로운 지시를 받았대!

한밤중에 모험과도 같은 버스 여행 끝에 피난민들은 대피소로 마련된 체육관에 도착했대. 거기서 할머니와 할아버지는 매트리스에 몸을 누이고 눈을 붙여야만 했어. 할머니가 그러는데 피난민 가운데 어떤 남자가 할아버지를 향해 이렇게 외치더래.

"아이고, 린드너 박사님, 린드너 여사님, 이런 곳에서 사람이 어떻게 잠을 잡니까?"

할머니는 그저 이렇게 대답했대.

"중요한 건 우리가 살아있다는 거죠!"

할아버지? 평생 침대에서만 잠을 잔 할아버지는 거의 심장마비에 걸린 것 같은 표정만 지었대. 매트리스를 보며 한숨만 푹푹 쉬면서 말이야.

할머니는 훨씬 침착했어. 심지어 가지고 있던 핸드백을 누가 훔쳐간 걸 알았을 때도 흥분하지 않았대. 할머니는 당시 얘기를 해 주시면서 언제나 다음과 같이 말씀하시곤 했어.

"죽었다면 그게 다 무슨 소용이겠니? 화려한 럭셔리 침대 위에서 죽으면 뭐가 달라지니?"

피난민은 적십자의 보살핌을 받았어. 할아버지는 적십자 직원에게 간청해 은행에 전화를 걸었지만, 아무도 받지 않았대. 방사능 피해를 받지 않은 지역의 은행 지점에서 돈을 찾을 수 있는지 알아보았지만, 돌아오는 대답은 모든 지점이 두 주 동안 문을 닫는다는 거였대. 은행은 먼저 상황이 어떻게 돌아갈지 지켜본 다음에 대책을 내놓겠다는 심산이었던 거지.

이후 할아버지는 은행은 물론이고 보험사와도 재판을 벌여야만 했어. 그러나 두 번 다 졌어. 할머니는 그때 생각만 하면 화가 나시는지, 나쁜 사람들이라고 혀를 차셨어. 이후 할아버지는 다시 시작할 수 있는 기회조차 얻지 못했어.

사고 이전 그 많던 보석들도 할머니와 할아버지에게 아무런 보탬이 될 수 없었어. 폭발 직후 할머니는 가장 중요한 것만 급히 챙기셨대. 그런데 보석은 가장 중요한 게 아니었어. 그래서 보석은 고스란히 그곳에 남았지. 할머니가 그날 우연히 목에 걸고 있던 호박 목걸이만 빼고 말이야. 나머지 보석은 옛날 집의 할머니 화장대 서랍에 지금도 고스란히 남아 있을 거야.

 그래, 그동안 약탈의 손길이 뻗치지 않았다면 말이야.

 할머니와 할아버지는 뮌헨의 친한 친구들에게 연락을 했대. 잠시라도 친구 집에서 묵을 수 있을까 해서 말이야. 그러나 모두 곤란한 표정을 지으며 거절했대. 이미 다른 지역에서 피난 온 친구들로 집이 꽉 찼다면서 말이야.

 할머니는 이제 출입 금지 구역이 되어 버린 옛집으로 돌아갈 수 없다는 사실에 빠르게 적응하셨어. 아마도 평생 돌아갈 수 없으리라는 점도 어쩔 수 없는 사실로 인정하셨지.

 할아버지는 한사코 그럴 리가 없다고 분통을 터뜨리셨대. 바닥의 매트리스에 앉아 불평을 늘어놓으시면서 말이야.

24

우리가 어떻게 사느냐고? 그래, 너희는 여기서 사람들이 41년을 어떻게 살아왔는지 알고 싶겠지. 아니, 더 정확히 표현하자면 사고 때문에 우리의 생활에 얼마나 큰 변화가 왔는지 알고 싶을 거야.

그저 간단하게 대답하기는 어려운 문제야. 우선 사람들을 크게 두 그룹으로 나눠서 봐야만 해. 그러니까 사고 지역에서 피난을 온 사람들과, 여기서 계속 살고 있었던 사람들의 상황은 서로 다르지.

사고 때문에 생겨난 경제 위기는 피난민 못지않게 원주민들도 힘들게 만들었어. 그러나 이들은 적어도 자기 집을 가졌지. 그것도 대개 현대식으로 지은 집이야. 열의 손실을 막을 수 있게 단열 처리가 된 집들이지. 창도 단열 창이고. 어쨌거나 자기 집을 가진 사람들은 자신이 원하는 대로 취향에 맞춰 살 수 있지.

반대로 대다수의 피난민은 강당이나 체육관 같은 대피소에서 매트리스와 이불만으로 만족해야만 했어. 여러 사람들이 함께 지내야 하니 소음도 심했지. 또, 다른 사람들과 같이 생활해서 불편한 점이 한두 가지가 아니었어. 이를테면 공동 화장실 앞에는 언제나 줄이 길게 늘어섰대.

체육관 다음에는 어떻게 살았냐고? 예전에 기숙사나 호텔로 쓰던 건물에 칸막이를 해서 여러 개의 방들을 만들었대. 아무튼 밤새 조용할 때가 단 한 번도 없었대.

그런 다음에는?

내가 태어난 것은 사고가 있은 지 24년째 되던 때야. 그때 우리는 이후 급하게 지은 이 임시 숙소 가운데 하나에 살았어. 하나의 작은 거실과, 침대 두 개가 간신히 들어가는 그보다 더 작은 침실, 샤워기와 세면대와 변기를 갖춘 욕실, 그게 전부야. 외할머니와 외할아버지는 거실에서 주무셨고, 부모님과 아기인 나는 침실에서 잤어. 욕실의 샤워기가 달린 벽에는 늘 곰팡이가 피었어. 할머니가 그러시는데 그건 너무 많은 사람들이 작은 욕실을 쓰기 때문이래.

차고? 하하하! 차도 없는데 무슨 차고? 우리는 발코니조차 없어. 이 임시 숙소의 유일한 장점은 월세가 싸다는 거야. 당시 아빠는 아직 대학생이셨어. 친할아버지는 나이가 아주 많았고 다리 한쪽이 없었대. 군인으로 아프가니스탄에서 싸우다가 잃었다나 봐. 내가 정확히 기억하는 거라면, 할아버지는 올덴부르크 가까운 곳의 양로원에 살아. 할아버지는 아들에게 줄 게 아무것도 없었대. 아빠도 할아버지에게 줄 게 없었고. 우리 동네 양로원은 방 하나에 침대가 네 개야! 그나마도 자리가 없어서 못 들어간대. 심지어 침대가 여섯 개 들어가는 방도 있다던데 말 다했지. 친할아버지에게 편지를 써 봤어. 그런데 되돌아오더라. 아무래도 할아버지는 벌써 돌아가셨나 봐.

원자력 발전소 가까이 살던 직원들 일부는 사고 당시 지역을 급히 빠져나오는 데 성공해 안전한 지역으로 가서 다시금 정착했대. 지금 독일 전역에 흩어져 잘 살고 있다더라. 가게를 연 사람도 있고, 공장을 세워 큰 성공을 한 경우도 있대. 이전보다 더 많이 돈을 버는 것은 아니지만, 그래도 상당히 편안하게 산다더라.

우리는 이 임시 숙소에 남았어. 외할아버지의 거대한 저택에 비하면 이 무슨 초라함일까.

"그렇게 비교를 해서는 안 된다."

외할머니가 늘 하시던 말씀이야.

"이전에 아무것도 없었던 것처럼 살아야 해. 안 그러면 미쳐버릴 수도 있단다. 다시 일어설 기회가 언젠가는 오겠지……."

25

우리? 엄마와 나?

내가 다섯 살이 되었을 때, 그러니까 외할아버지가 돌아
가시고 나서 2년 뒤에 외할머니는 이렇게 말씀하셨대.

"아이는 신선한 공기가 있는 곳에서 뛰어놀아야 한다."

이미 연세가 많으셨는데도 외할머니는 쉬지도 않고 관청
들을 돌아다니고 도시 곳곳을 누빈 끝에 서쪽의 과수원 뒤
편에서 지금 사는 이 낡은 집을 찾아냈어. 이 고장 토박이
인 여주인이 팔려고 내놓았대. 그러나 집이 워낙 낡고 주변
에 잡풀만 무성해서 사려는 사람이 아무도 없었대.

돈이 있다면 우리가 샀겠지. 그렇지만 우리가 돈이 어디
있어. 그래서 여주인은 집을 우리에게 세주기로 했어.

낡고 보잘것없는 집이지만 그래도 여기서는 적어도 조용
해. 그리고 월세는 이후의 보통 월세에 비하면 아주 적어.

벌레? 당근이지. 특히 쥐가 많아. 처음에는 부엌을 가로

지르며 뛰어다니더라. 할머니는 치즈에 쥐가 물어뜯은 자
국이 있는 걸 보고 식욕을 잃으시기가 일쑤였어. 그래서 고
양이 한 마리를 집에 들여놓기로 했지. 물론 고양이를 살
돈은 없었지. 그래서 길거리 고양이를 데려다 놨어.

그런데 요놈들이 모두 도망가 버리네. 길어야 이틀 뒤에
는 사라져.

외할머니는 집 뒤의 덤불을 약간 제거하고 잡풀을 깎은
다음, 접이식 테이블을 거기에 세워두기로 했어. 외할머니
는 어딘가에 버려진 테이블을 가져다 쓰실 작정이셨지.

할머니는 길을 오가며 알게 된 사람에게서 손수레를 빌
렸어. 그 손수레로 테이블을 옮겨 오려고 말이야. 할머니
와 내가 번갈아 가며 손수레를 끌었지. 비록 당시 내 힘은
턱없이 부족했지만 말이야. 그러나 도중에 정말 많은 사람
들이 손수레를 끌거나 미는 걸 도와줬어. 할머니가 부탁도
하지 않았는데도 말이야. 심지어 어떤 친절한 남자는 테이
블을 번쩍 들어 집 뒤로 가져다 주었어.

아니, 진짜 모르는 남자야. 할머니 주변에는 항상 도움
을 주려는 친절한 사람들이 많았어. 왜 그런지 참 알 수가

없더라. 아마도 할머니는 그 어떤 어려운 일을 겪어도 절대 낯을 찌푸리지 않고 항상 사람들을 밝고 친절하게 대해서 그런 거 같아. 할머니는 남자에게 차 한 잔 마시고 가라고 했지만, 남자는 바쁘다며 그냥 갔어.

남자가 가자마자 우리는 테이블을 구석구석 깨끗이 닦은 뒤 집 안의 낡은 의자들을 가져다 놓았어. 할머니는 예쁜 천으로 테이블을 덮고 그 위에 오늘을 위해 특별히 구운 작은 케이크를 내놨어. 그리고 뜨거운 커피도 한 주전자 가득.

당시 커피는 엄청난 사치였어. 아니, 팔지 않아서 그런게 아니라 엄청 비쌌거든. 우리는 정말 특별한 경우에만 커피를 마셨어. 그런 다음 할머니는 엄마를 집에서 데리고 나왔어. 내가 문을 열어 줬지. 따뜻한 햇살 아래 우리 셋은 테이블에 앉아 커피를 마시고 케이크를 먹었어. 엄마는 설탕도 넣지 않은 쓴 커피만 마셨어. 엄마 몫으로 준 케이크 조각은 살짝 밀어놓더라. 얼른 가져다가 내 입에 넣었지.

할머니는 아무것도 보지 못한 것처럼 딴청을 피웠어. 덤불에 매달린 산딸기와 몇 개가 부러져 나간 나무 울타리를 지그시 바라보시며 이렇게 말씀하셨어.

"이제 여기도 옛집처럼 아름답구나……."

그래, 할머니와 할아버지가 살았던 저택은 여전히 그곳에 있어. 다만, 거기서 살 수 없을 뿐이지. 뭔가 물건을 가지러 가는 것도 허락되지 않아. 물론 이 지역의 상태를 취재하려는 기자들은 특별 허가를 받아 들어갈 수가 있어. 어떤 일이 벌어지든 스스로 책임을 지겠다고 약속을 하고서 말이야.

출입 금지 구역의 사진? 흠, 거기가 어떤 모습인지는 너희도 알잖아. 할머니는 나에게 신문에 난 사진을 한 번 보여준 적이 있어. 사진은 금지 구역의 도로 하나를 찍은 것이었는데, 할머니는 그것을 보고 엄청 흥분하셨어. 그 도로의 다음 교차로 뒤가 옛날 집이 서 있는 곳이었거든. 그 도로는 사진 속의 지역에 살았던 사람들이라면 모두가 아는 거리였어.

그러나 사진에 보이는 집들의 모습이라니! 그야말로 쑥대밭이 따로 없겠더라.

예전의 말끔하게 단장했던 저택과 빌라의 모습은 온데간데없었어. 무성한 잡풀로 뒤덮인 게 꼭 잠자는 숲속의 공주가 사는 성의 모습이더라. 그야말로 유령의 도시랄까.

26

금지 구역과 맞닿은 지역의 주민들도 모두 다른 곳으로 떠나 버렸어.

사람들 말로는 그곳에서는 암에 걸릴 확률, 특히 어린아이들이 암에 걸릴 확률이 원자력 발전소가 없는 다른 지역보다 훨씬 높다더라. 물론 그때까지 편안하게 살았던 곳을 차마 떠날 수 없어 괴로워한 사람들도 많았어. 특히 집주인들은 힘들여 마련한 자기 집을 버리는 게 정말 속상했대. 자기 집을 장만하려고 오랫동안 저축을 했으니 그럴 만도 했겠지. 다들 아이가 병에 걸리는 위험만큼은 한사코 피하려 들었지. 그리고 암에 걸릴 확률이 높은 곳의 집을 누가 사겠어? 우리 반에는 그런 집의 사내애 한 명이 있어. 걔 아빠는 호텔 주인이었는데 여기서 다시 일자리를 찾아야 했어. 어렵게 찾은 일자리는 식당 종업원이야. 새집을 사기에는 월급이 턱없이 부족하지. 율리안은 그래서 지금 셋집에 살아.

원전 사고가 난 뒤 41년 동안 독일 사람들은 끊임없이 이사를 다녔어. 이후 원자력 폐기물 저장소 주변의 지역도 텅텅 비었어. 그곳 사람들은 지하의 원자력 폐기물 저장소가 어떤 모습인지 알려지고 나서 더는 안전하다고 느끼지 않은 거야.

들리는 소문에 따르면 저장소 주변의 많은 곳에서 방사능에 오염된 지하수가 흘러나올 수 있대. 그래서 사람들의 불안감은 극에 달했어. 이사를 가기로 가장 먼저 결정하는 가족은 언제나 어린애를 가진 집안이지.

해당 관청에서야 지하 저장소가 전혀 위험하지 않다고 힘주어 강조하지. 그러나 사람들은 이제 더는 그런 말을 믿지 않아.

물론 나도 정확한 사정은 몰라. 그렇지만 아마도 다음과 같은 상상을 해 볼 수 있지 않을까. 옛날에 저장소가 어디 있었는지도 잘 모를 먼 미래에, 사람들은 관광객을 보고 특정 지역은 가지 말라고 충고할 거야. 다음과 같이 수군거리면서 말이야.

"거기는 가지 말아요! 병에 걸릴 수도 있답니다……."

아니, 착각한 게 아니야. 나는 분명히 '저장소'를 두고 이야기한 거야. 저장소는 언제나 원자력 폐기물의 '임시' 저장소라고 불렸지. 최종적으로 그 폐기물을 쌓아둘 안전한 장소는 원자력 산업이 시작된 이래 단 한 번도 찾아낸 적이 없어. 그리고 아무리 많은 세월이 흘러도 그런 안전한 곳은 찾아낼 수 없을 거야. 지금까지 후보 지역으로 꼽히던 곳은 정부가 좀 더 구체적인 검토를 시작하기만 해도 주민들의 격렬한 반대운동을 불러일으켰어. 불과 몇 년 뒤에는 많은 임시 저장소들이 절대 안전하지 않은 곳으로 밝혀질 거야. 폐기물을 담은 금속 통은 녹이 슬어 그 안의 방사능 물질을 고스란히 드러낼 거야. 다시금 깨끗이 청소해야만 하는 저장소들이 적지 않겠지. 정말 엄청난 돈을 잡아먹는 일이야!

오로지 노인들만 위험 지역에 그대로 남았어. 그분들이야 언제 어떻게 죽든 별로 개의치 않으니까. 그래서 차라리 고향에서 죽고 싶은 거야!

그래, 여기도 피난 온 사람들이 정착한 곳이야. 몇 년 만에 완전히 새로운 마을이 마치 땅에서 새싹이 돋아나듯 속

속 들어섰어. 모두 건강을 걱정하지 않고 독일의 남서쪽
끝자락에서 살고 싶어 이리로 온 거야. 심지어 사고 이후
여기는 물론이고 다른 곳에도 완전히 새로운 마을이 들어
섰어!

27

할머니? 내가 계속 할머니 얘기만 했다고?

뭐, 그럴 수 있겠지. 나는 몰랐어. 하지만 분명한 건 내가 지금껏 살아오면서 가장 소중하게 생각하는 분이 할머니라는 점이야. 또 나를 제일 아껴주셨고!

할머니가 어떤 분인지 자세히 들려 달라고? 그냥 생각나는 대로?

그렇게 할 수 있을지 모르겠어. 너희가 구체적으로 질문을 해 주면 쉬울 텐데. 하지만 한번 해 볼게.

할머니는 어렸을 때 값비싼 명품 옷만 입었대. 원하는 건 뭐든 말만 하면 그 다음 날 바로 얻었대. 운전면허증을 따기가 무섭게 자동차를 선물로 받았대. 그리고 할아버지와 결혼하자 귀중한 보석들을 마음껏 누렸대. 정원과 테라스와 수영장이 딸린 고급 주택에, 매년 쿠바나 케이프타운

또는 홍콩으로 휴가 여행을 즐겼으며, 끼니마다 화려한 식사를 했대. 그 정도는 의사 집안에서 유별난 씀씀이가 아니었다더라.

훨씬 더 부자들도 많았대. 이전에 돈이 차고 넘쳐서 모든 걸 누린 사람은 참 좋았을 거야. 상점마다 국산과 외제 명품 브랜드들이 가득했대. 당시 사람들의 수입에 비하면 그렇게 비싸지도 않았대. 할머니는 내가 사진에서조차 단 한 번도 본 적이 없는 과일들을 일일이 꼽아가며 그 맛이 어떤지 설명해 주셨어. 요즘에는 구경도 할 수 없는 과일들이야. 어쨌거나 우리 주변엔 없는 과일들이지. 그런 걸 돈 주고 살 수 있는 사람은 거의 없으니까.

할머니는 살아오면서 겪은 일들을 자주 나에게 들려줬어. 심지어 글로 써 놓기도 했어. 틈이 날 때마다 내가 읽어 보라고 말이야. 대략 열 쪽 정도 되는 분량이야. 그 글에 보면 원자력 이용이라는 말이 참 자주 나와. 아무튼 할머니에게는 평생 따라다닌 문제였나 봐. 그 열 쪽에 어떤 내용이 담겨 있는지 요약해 볼게. 할머니가 돌아가시고 나서 워낙 자주 읽어서 거의 외우다시피 해.

할머니가 아직 태어나지도 않았을 때인 1970년대에 이른 바 '반핵운동'이라는 게 일어났대. 1979년에는 미국 펜실베이니아 해리스버그의 '스리마일 섬'에 있는 원자력 발전소가 거의 폭발할 뻔했대. 당시 할머니는 한 살이었어.

두 살이나 세 살 때에는 방송에 원자력 이야기만 나오면 어른들이 텔레비전 앞에 모여 앉는 바람에 할머니도 그게 굉장히 무서운 일이라는 걸 알았대.

할머니가 여덟 살 때에는 우크라이나의 체르노빌이라는 곳에서 원전 폭발 사고가 일어났어. 방사능이 유럽 북부와 중부에 도달할 정도로 큰 사고였대. 어느 날 돌연 너무도 당연했던 일이 당연하지 않게 된 거야. 풀밭에 앉을 수가 없었대! 아이들은 모래밭에서 놀 수도 없었고 신선한 야채를 먹을 수도 없었대! 아무튼 생난리였대.

몇 년에 걸친 격렬한 저항 끝에 반핵운동은 다시 잠잠해졌어. 반핵운동이라면 사람들은 철 지난 이야기로 여겼대. 체르노빌 사고와 같은 일은 다시는 일어날 수 없다면서 말이야!

그러다가 무슨 일이 터졌는지 알아? 후쿠시마. 2011년 3월. 그건 정말 엄청난 충격이었어! 체르노빌 사고 이후 고작 25년 만에! 당시 할머니는 서른세 살이었대. 이번에 사고를 일으킨 것은 자연의 무서운 힘이었어. 처음에는 지진이 일어났고, 곧 해일이 해변의 도시들 전체를 덮쳤어. 1만여 명이 넘는 사람들이 목숨을 잃었어. 그것도 잠정적인 집계였어. 이 사고를 본 독일 국민들은 곧장 모든 원자력 발전소를 중단시키라고 정부에 요구했어.

독일 정부는 가장 오래된 일곱 개의 원자력 발전소들을 곧장 중지시켰어. 정부의 계획대로라면 2022년에 독일에서는 원자력 발전소들이 영원히 사라질 예정이었지.

여전히 11년이라는 세월을 기다려야 했지만, 그럼 드디어 위험을 깨끗이 떨쳐버릴 수 있다고 사람들은 안심했대.

그러다가 원자력 산업의 종말을 2년 남겨둔 때 드디어 일이 벌어지고 말았어. 2020년에. 그러니까 41년 전에 말이야.

후쿠시마에서 사고가 났을 당시 할머니는 할아버지와 10년 동안 결혼생활을 했대. 그렇지만 여전히 아이는 낳지 않았어.

아니, 아이를 가지기 싫어서 그랬던 게 아니야. 오히려 그 반대야. 할머니는 집에 아기 방을 두 개나 마련해 놓고 정말 예쁘게 꾸며 놓았대. 그 방들은 영원히 빈 방으로 남은 셈이야.

할머니는 서른여덟 살이 되어도, 마흔 살이 되어도, 아이를 가지고 싶다는 꿈을 이루지 못했어.

결국 할머니와 할아버지는 모든 희망을 버렸대. 안 되는 일인가 보다 하고 말이야.

28

우리의 원전 사고는 할머니가 마흔두 살이 되던 해에 일
어났어. 체르노빌과 마찬가지로 다시금 인재, 그러니까 사
람의 실수가 빚은 사고야. 또다시 원자로가 녹았어.

그래, 충격이 엄청났지! 할머니는 누구도 예상하지 못한
사고라 더욱 충격이 컸대.

피난 간 이야기는 벌써 했지?

할머니는 당시 체육관에서 기분이 상당히 좋지 않았대.
아니, 마음의 문제가 아니라 몸이 안 좋았대. 매일 아침 토
할 것처럼 속이 메슥거렸대. 혹시 임신이 아닐까 하는 생각
을 하기까지 시간이 좀 걸렸대. 그리고 실제로 임신을 한
거야! 그것도 쌍둥이를!

할머니는 유산을 하는 게 좋겠다는 의사의 간곡한 충고
에도 아기들을 낳기로 결심했어. 그리고 이 소식을 듣고 정
신이 번쩍 든 할아버지도 낳는 걸 찬성했어.

두 분의 결심은 정말 놀라워. 내가 그런 상황이라면 위험을 감수할 용기를 낼 수 있었을까? 이런 생각을 할머니에게 말했더니 그냥 간단하게 대답하시더라.

"우리는 그저 우선순위를 정했을 뿐이다……."

'우선순위'가 뭐냐고? 가장 먼저 생각하고 행동해야 하는 문제! 달리 말하자면 할머니와 할아버지는 이런 혼란 속에서 아이를 포기하는 게 좋은지, 아니면 그래도 낳는 게 나은지 고민하다가 더 간절히 원하는 쪽으로 결정을 한 거야.

쌍둥이가 어려운 과정을 이겨내고 무사히 세상에 나왔다는 얘기는 벌써 했지? 할머니와 할아버지는 그 모든 어려움에도 너무나 행복했대. 하기야 미래를 내다볼 수는 없는 일이니까.

처음에는 모든 게 술술 풀렸대. 이른바 '안전지대'로 이사도 했어. 쌍둥이가 태어나가 전에 갓 지은 임시 주택을 운 좋게 차지할 수 있었대.

그 집에서 어땠냐고?

"적어도 이 집에서는 우리끼리만 있을 수 있어 좋았다."

할머니가 하신 말씀이야.

"누구도 체육관에서처럼 어깨너머로 우리를 훔쳐보지 않았고, 우리 얘기를 엿듣지도 않았으니까……."

할아버지는 다시 치과의사로 일할 수 없어 무척 힘들어 하셨대. 치과의사가 오늘날 필요로 하는 모든 장비를 구입할 돈이 없었거든. 그래도 할머니는 기회가 있을 때마다 할아버지의 용기를 북돋웠어. 할머니가 집에 없을 때 아기들을 돌봐야 하는 할아버지의 일처럼 중요한 게 또 있냐면서 말이야.

그래, 온 가족을 먹여 살리려고 돈을 벌어오는 것은 할머니의 몫이었어. 할머니는 속성 과정을 밟아 우리 초등학교의 선생님이 되셨으니까. 당시 프라이부르크 지역에 선생님들이 턱없이 부족해서 그런 과정이 생겨난 거였지.

29

그러다가 로잔나 이모가 아프기 시작했어. 병은 죽을 때까지 계속되었어. 엄마는 이모를 잃은 슬픔에서 헤어나지 못했어. 할아버지도 골골 앓기 시작하셨고. 학교에서 돌아온 할머니는 쉴 틈도 없이 요리를 하고 빨래하고 청소하며 식구들을 돌봐야 했어.

그러다가 엄마에게 남자 친구가 생겼어. 그래, 내 아빠 말이야. 그 일은 한동안 우리 집 안을 밝게 만들어 주었대.

엄마는 스물두 살에 결혼했어. 곧 임신을 했고. 이미 이때부터 엄마와 아빠는 갈등을 일으켰대. 아빠는 방사능으로 더럽혀진 독일이라는 땅을 떠나자고 했고, 엄마는 그게 싫다고 했어.

그거야 당근이지. 할아버지와 할머니, 아빠와 엄마는 태어날 아기를 두고 몹시 기뻐했지. 그랬는데 아기가 죽어서 나온 거야. 더욱 커진 엄마의 슬픔은 줄어들 줄 몰랐어. 내가 세상에 태어났어도 엄마는 조금도 나아지지 않았어. 엄마와 아빠 사이에는 끊임없이 줄다리기가 이어졌지. 다른 나라로 가자, 안 된다 하면서 말이야. 결국 아빠는 계속되는 갈등을 참아내지 못했어. 그래서 일단 혼자 남아메리카로 건너간 다음, 그곳에서 자리가 잡히는 대로 엄마와 나를 데려가겠다고 했어.

할아버지는 오래 사시지 못했어. 앞서도 말했듯 나는 할아버지를 거의 기억하지 못해. 이제 할머니는 과부가 되셨어.

여기까지가 할머니의 글이야. 열 쪽의 글에는 슬퍼하거나 괴로워하는 기색이 전혀 없어.

할아버지의 죽음이 할머니에게 얼마나 큰 아픔을 주었는지 나는 확실히 알아. 할머니는 몇 년 더 할아버지와 함께 살았으면 하고 간절히 바라셨으니까. 그러나 진짜 슬픔의 시간이 어느 정도 흐르고 나자 할머니는 할아버지의 죽음을…… 뭐라고 표현해야 좋을까? 극복했다? 이겨냈다? 어쩌면 이렇게 말해야 내 생각을 가장 잘 표현한 걸 수도 있겠다.

그래, 할머니는 할아버지의 죽음을 거리를 두고 바라보기 시작했어.

할머니는 언제나 뒤보다는 앞을 바라보셨어. 그래서 로 잔나 이모를 잃은 슬픔도 이겨냈지. 그러나 엄마는 동생의 죽음을 아직도 이겨내지 못하고 있어.

할머니는 그 모든 걸 어떻게 이겨냈냐고? 한번은 행복이 라는 게 뭔지 이야기를 나누다가 할머니가 이런 말씀을 하 셨어. 거의 아무것도 갖지 못한 이후에 할머니는 어떤 피난 민 여자가 선물한, 커다란 꽃무늬가 들어간 아주 싸구려 화학섬유 블라우스를 받고 무척 행복하더래. 이전 같았으 면 그런 싸구려 블라우스, 그것도 아주 촌스러운 블라우 스를 절대 입지 않았을 거라면서 말이야!

할머니는 우는 목소리로 이전을 이야기한 적이 단 한 번 도 없어. 할아버지는 자신의 불행을 받아들이는 걸 무척 어려워했는데 말이야. 할아버지는 사랑의 하느님이든 어떤 신이든 간에 아무튼 자신을 부당하게 다루었다고 느끼는 사람들 가운데 한 명이었던 같아. 할아버지는 28년이라는 오랜 세월을 프라이부르크에서 살았으면서도 이곳을 결코 고향이라고 받아들이지 않았어. 할아버지의 고향은 어디까 지나 치과의사로 일하던 그곳이었을 뿐이야.

할아버지만이 아니라 그렇게 생각하는 사람은 아주 많았어. 그런다고 달라질 게 없는데도 말이야. 그저 막연한 희망일 뿐, 현실을 모르는 거야. 아무튼 방사능은 계속해서 그 무서움을 고스란히 드러내고 있어.

할머니가 아직 살아계실 때 나는 이렇게 물은 적이 있어. 나는 정말 할머니처럼 오래 살 수 있을지 궁금했어.

"할머니, 나도 로잔나 이모나 티나처럼 일찍 죽게 될까?"

할머니는 강하게 손사래를 치면서 "아니, 너는 아니다! 너는 안심해도 좋아. 너에게는 아무 일도 일어나지 않아. 너는 아주 오래 살게 될 거야!" 하고 대답하시지 않았어. 그렇게 말했다면, 그건 거짓말이니까.

그 대신 할머니는 이렇게 대답하셨어.

"우리나라에서 대형 사고가 일어난 이후, 우리의 모든 젊은이들도 일찍 죽을 위험을 가지고 있어. 그래서 말이지만, 이후 건강하게 사는 매해를 고맙고 감사하게 생각하렴."

할머니는 언제나 나에게 솔직하셨어. 그리고 나도 할머니에게는 거짓말을 한 적이 없어. 할머니는 내가 무슨 질문을 하든 항상 진지하게 받아주셨지.

30

할머니가 여든 살도 훌쩍 넘기셨을 때야. 어느 날 학교에서 돌아와 보니 할머니가 계시지 않았어. 좀처럼 그런 일이 없었는데……. 사방을 다니며 할머니를 찾았으나 보이지 않았어. 결국 나는 경찰서로 가서 실종 신고를 했어.

며칠이 지나도 아무 소식이 없었어. 나는 아무것도 할 수가 없었지. 할머니에게 물어볼 게 참 많았는데! 예를 들어 소금 통을 어디에 두었는지, 왜 할머니의 호박 목걸이는 내 책상 위에 덩그러니 놓여 있는지 하는 것들을 말이야. 또, 어디로 가는지 왜 아무 말씀도 하지 않으셨을까?

그밖에도 머리에 떠오르는 물음은 헤아릴 수 없이 많았어. 끊임없이 새로운 질문이 떠올랐어.

학교에서도 도무지 아무것도 할 수 없었어. 그냥 자리에 멍하니 앉아 할머니가 어디 있는지 소식이 오기만을 손꼽아 기다렸어.

마침내 경찰이 할머니를 찾아냈어.

출입 금지 구역. 한때 꿈의 보금자리였던 바로 그 저택에서 말이야. 엄마와 나에게 소식을 가지고 온 여 경찰은 할머니가 집을 38년 전에 떠날 때 그대로 청소하고 정리를 해놨더라고 알려줬어. 온통 먼지로 가득하고, 사방에 거미줄이 쳐진 집을 말이야. 할머니는 거실과 주방과 욕실과 복도를 깨끗이 청소했대. 여전히 베개 밑에 놓여 있던 잠옷으로 갈아입기 전에 말이야. 그런 다음 침대에 누워 이불을 머리까지 뒤집어썼대.

"이내 잠이 드신 거 같아 보였어."

여 경찰이 나에게 말했어.

"이불이 구겨지지 않은 것으로 미루어 다시 깨어나지 않았던 게 분명해……. 허 참, 뭐라고 말해야 좋을지 모르겠구나. 아무튼 할머니는 다시 집을 찾아간 거야. 사람은 자기 집에서 가장 편안하게 잠들 수 있지. 어쨌거나 평화로운 죽음을 맞으셨어……."

이 말과 함께 여 경찰은 다시 돌아가 버렸어. 경찰은 지금과 같은 때 해야 할 일이 무척 많으니까.

위로? 약간의 위로는 이웃 아주머니가 보내줬어. 우리 집으로 건너와 엄마에게 따뜻한 차를 한 잔 권했어. 아주머니는 내 머리를 쓰다듬었고.

이게 다야. 이게 할머니에 관한 이야기의 전부야.

31

할머니의 죽음으로 모든 게 달라졌어. 엄마를 둘러싼 끊임없는 걱정이 시작되었지. 특히 학교에 가기 전에 난로에 땔감을 가득 채울 수가 없었어. 혹시 불똥이라도 튀었다가는 집에 불이 날 테니 말이야. 그러나 추위에 벌벌 떨 엄마를 생각하면 달리 어쩔 수가 없었어. 엄마는 이불 덮는 것조차 자주 잊어버리니까. 그래서 겨울에는 학교에 전혀 가지 못했어.

집에서 혼자 뭐했냐고? 그저 엄마가 누운 소파 옆의 낡은 안락의자에 멍하니 앉아 있었어. 아니면 인터넷을 하거나. 그것도 아니면 끄덕끄덕 졸았지. 끼니때가 되면 요리를 했어. 어둑해져야 장을 보러 갔어. 장도 기껏해야 일주일에 한 번만 보았지만. 그리고 매일 정시에 라디오 뉴스를 듣거나 인터넷에서 기사를 읽었어. 세상에서 무슨 일이 벌어지는지 알아야만 하니까. 그래야 세상이 아직 무너지지 않고 있다는 걸 알 수 있으니까.

편지? 우리가? 거의 없어.

칠레에서 편지가 한 번 오기는 했지. 아빠한테서. 학교에 가지 않고 보내던 시간들 중에서 가장 흥분되는 순간이었어. 당시 나는 그 편지를 내가 살아 있다는 증거로 읽었으니까.

그럼, 당근이지. 우리 반 아이들은 내가 어떻게 지내는지 무척 궁금해 했어. 담임 쌤은 혹시 내가 죽은 게 아닐까 걱정하셨대.

그래서 경찰에 신고를 했었나 봐. 어떤 경찰관이 찾아왔더라고. 경찰관은 엄마를 깨우지도 않았고, 왜 아이를 학교에 보내지 않느냐며 호통을 치지도 않았어. 나한테도 뭐라고 꾸짖지 않고 그냥 나를 학교로 데리고 갔어. 가는 길에 경찰관은 자기에게도 나와 같은 또래인 딸이 있다고 하더라. 딸이 요즘 속을 썩여 무척 힘들대. 그리고 할아버지와 할머니가 원전 사고가 일어난 지역과 가까운 곳에서 피신했다는 내 말을 듣고는, 자기도 세 살 때 부모와 함께 간신히 피신했다고 말했어. 경찰관은 자신이 아직 병에 걸리지 않은 게 놀랍다고 하더라. 당시 방사능에 고스란히 노출되었는데도 말이야.

그래도 나는 무척 무서웠어. 왜 그런지 알아? 혹시 경찰관이 나를 고아원으로 보내는 것은 아닐까 싶어서. 우리 집이 열두 살 소녀가 살기에는 적당하지 않다는 이유로 말이야. 내가 없으면 엄마는 어떻게 되겠어? 아마도 경찰은 엄마를 어딘가의 정신병원에 입원시킬 거야. 그건 절대 안 돼! 그렇지만 지금까지 아무 일도 일어나지 않았어. 틀림없이 그 경찰관 아저씨가 신경 써 준 덕분일 거야. 그리고 내가 다시 나타나자 몹시 기뻐한 당시 담임 쌤도 많이 도와 줬어.

32

엄마를 생각하면 늘 죽음이 떠올라. 엄마 뱃속 바깥세상에서 단 한순간도 살아보지 못한 내 오빠도 죽음을 떠올리게 만들고.

죽음? 그래, 알아. 예전 같으면 죽음 같은 거는 생각하지 않으려 애썼겠지. 흔히 죽음을 두고 '돌아가다', '잠들다', '작별하다' 하는 식으로 돌려 말하잖아. 다시 말해서 사람들은 될 수 있으면 죽음을 생각하고 싶지 않은 거야. 죽음은 항상 저 멀리 떨어져 있는 것이지.

그러나 지금은 달라. 죽음은 아주 가까이 있으며, 무슨 특별한 그 무엇도 아니야. 어쨌거나 원전 사고를 경험한 사람들에게는 말이야.

다만, 누군가 죽어야만 하는 사람을 둔 가족이 힘들 뿐이지. 그리고 가족 가운데 누군가는 언제라도 병에 걸릴 수 있어. 자신이 직접 병에 걸리든, 사랑하는 사람이 병에 걸리든, 그 아픔은 언제나 가까이 있는 사람의 몫이지. 사람들은 죽음을 두려워하는 게 아니야. 무엇보다도 서로 떨어져 이별을 한다는 게 괴로울 뿐이야. 그리고 홀로 남게 되는 고독도 무섭고.

그리고 정말 많은 가족들이 계속 줄어들고 있어! 또, 많은 젊은 부부는 아이를 가질 엄두를 내지 못해. 이런 세상에서 아이를 살아가게 하고 싶지 않으니까. 이런 세상이 무서우니까. 특히 새로 태어나는 아기가 회복할 수 없는 기형이면 어떡해? 스스로 살아갈 힘을 전혀 가지지 못했다면?

엄마는 지금까지 죽음에 익숙해지지 않았어. 아마 너무 예민해서 그런가 봐. 할머니는 엄마를 코리나라는 이름으로 부른 적이 거의 없어. 언제나 "예민쟁이"라는 사랑이 듬뿍 묻어나는 애칭으로 불렀지. 할머니는 이 애칭으로 엄마가 혼자가 아니라는 걸, 할머니가 늘 곁을 지켜주고 있다는 걸 알려주고 싶었나 봐.

그래, 맞아. 틀림없이 엄마는 이전 분위기라면 더욱 많은 기회를 누렸겠지. 아마 엄마는 화가나 음악가가 되었을 거야. 그러나 '이후 삶'은 '예민쟁이'를 우울증으로 도망가게 강제했어. 먼저 세상을 뜬 쌍둥이 여동생과 죽어서 태어난 아들! 이것만으로도 엄마에게는 너무 벅찬 슬픔이야. 언젠가 할머니는 이런 말씀을 하셨어.

"코리나는 떠나보낼 수가 없는 거야. 그래서 저토록 괴로워하는 거야."

그래, 나도 처음에는 할머니를 떠나보내기가 무척 어려웠어. 할머니가 돌아가셨다는 소식을 듣던 날, 하루 종일 울었어. 이제는 할머니를 생각해도 더는 울지 않아. 그러나 할머니 기억을 떠올릴 때마다 하늘이 밝아지는 것 같은 느낌은 들어.

33

저 빵빵 하는 경적 소리는 너희를 데리러 오는 버스 같은
데? 너희가 다시 돌아갈 때가 되었구나.

저녁 시간은 자유라고? 그럼 프라이부르크를 구경해 봐.
참 아름다운 도시야. 여기 날씨는 독일에서 가장 좋아!

내일은 어디로 가니?

아, 그래. 참 많은 곳을 돌아볼 계획이구나.

고르레벤도 가 볼 생각이라고? 그곳 사람들에게는 정말
이지 모자를 벗어 존경심을 표해야 돼. 참으로 용기 있는
분들이야. 끈기가 대단하지. 몇 세대에 걸쳐 거기로 예정된
원자력 폐기물 저장소 건설을 막으려고 싸웠으니까. 그곳
시민들은 저마다 이웃에게 모범이 되도록 행동했어. 부모

가 힘이 다하면, 자손들이 계속 싸웠지.

조심하렴. 어떤 경우에도 샘물은 마시지 마! 특히 경고 문구가 붙어 있는 샘은 절대 안 돼.

그리고 고향으로 돌아가거든 우리 이야기를 널리 알려 줘, 될 수 있는 한 널리! 특히 원자력 산업을 그만두는 걸 아쉬워하는 사람들에게 말이야.

감사할 게 뭐 있어. 그럼 고향으로 편안하게 돌아가길 바랄게. 행복하렴, 안녕!

34

그래?

오늘 저녁에? 뭐 하러⋯⋯?

나랑 얘기를 나누고 싶다고? 내가 할 얘기는 다 한 거
같은데. 할머니, 할아버지, 내 부모, 더 할 얘기는 없어. 사
고에 대해서도, 이전과 이후에 대해서도 충분히 이야기했
고. 그리고 죽음도⋯⋯.

미래를 두고? 미래는 아직⋯⋯.

그래 좋아. 하지만 여기 학교 운동장에서 만날 수는 없
어. 저녁이면 문을 닫으니까.

우리 집에서? 음⋯⋯ 그럼 너 혼자만 온다면 뒤뜰의 테

이블에서 얘기를 나누도록 하자. 텃밭과 집 사이의 테이블 말이야. 거기라면 엄마에게 방해가 되지 않을 거야.

주소? 핑켄벡 16번지.

저녁 7시 반?

그럼 그 시간에 현관 앞에 서서 너를 기다릴게. 그래야 네가 우리 집을 찾느라 고생하지 않을 테니까. 또, 그래야 초인종을 울리지 않아도 되잖아. 엄마가 놀라면 안 돼. 그리고 때때로 엄마를 살펴보느라 자리를 비우더라도 이해해 주렴.

그럼 이따 만나. 말했듯이 너를 돕고 싶은 생각은 많지만 내가 너의 미래 계획에 무슨 도움을 줄 수 있을지 잘 모르겠네. 참 이름이 뭐니? 이름을 알아야 너를 부를 수 있잖아.

좋은 이름이구나, 마음에 들어! 그럼 이따 봐, 안녕!

35

엄마…… 정신 차려 봐, 엄마! 내가 아주 재밌는 얘기 들려줄게. 남자 친구가 생겼어! 듣고 있어? 걔 이름은 카를로스야! 내가 학교에서 안내를 한 칠레 학생들 가운데 한 명이야. 그가 오늘 저녁 우리 집에 왔었어. 저녁 내내. 아마 앞으로도 함께 있게 될 거야. 처음에는 그가 어떤 계획을 가졌는지 말해줬어. 우리는 활발하게 서로 생각을 나누었어. 처음에만. 그리고 나는 생각하는 걸 잊어버렸어. 그도 마찬가지로. 저녁 하늘이 갈수록 붉어졌어. 그리고 숲에서는 정말 기분 좋은 향기가 나더라. 그런 좋은 향기는 처음이었어.

카를로스는 넉 달 뒤에 대학 입학시험을 본대. 11월 말에. 그가 뭘 공부하겠다고 했는지 맞춰 봐. 저널리즘이야! 기자가 되겠대. 나도 기자가 되고 싶어.

그는 아주 큰 뜻을 품었어. 나도 함께 하겠느냐고 묻더라. 엄마, 카를로스는 생각이 참 깊어. 세계의 모든 문제들을 두고 고민해. 나처럼. 그는 인터넷을 통해 우리 또래의 아이들과 생각을 함께 나누겠대. 우리 젊은 세대가 목소리를 내야 한대. 그런 다음…… 또 그 다음에는…….

곧 다시 소식을 주기로 했어. 그런 다음 뭘 함께 할 수 있는지 생각해 보자면서 말이야. 어떻게 할 것인지도.

우리의 목표는 하나야! 세계는 바뀌어야만 해! 어른들이 우리에게 남겨 준 세상 말이야. 경계가 없는 세상, 폭력이 사라지고 스스로 위험을 불러들이지 않는 세상으로! 희생자들은 더는 홀로 당한 게 아니라고 느껴야 해! 무엇보다도 다시 희망을 가져야 해!

희망, 엄마…… 희망을!

오, 엄마…… 엄마! 나는 이런 완전한 기분 처음이야! 지금까지 느껴보지 못한 기분이야!

뭐라고? 엄마, 뭐라고 말했어? 더 크게 말해 봐, 못 알아듣겠어!

목욕을 하고 싶다고? 아이 참, 엄마! 그래 목욕은 정신이 번쩍 들게 해 주지. 엄마가 깨어 있고 싶다면, 좋아. 내가 도와줄게. 엄마, 나한테 기대! 일어나서 내 팔을 잡고 걸으려고 해 봐. 함께 밖으로 나가.

봐, 하늘이 온통 반짝이는 별들로 가득 찼어!

후기

필자는 1928년에 태어났다. 살아남은 필자 세대의 많은 사람들이 그랬듯, 필자는 제2차 세계대전이 끝나고 나서 부모 세대에게 비난이 가득 담긴 물음들을 던지곤 했다. 왜 그 지경까지 가도록 내버려뒀죠? 어째서 전쟁을 막을 생각과 행동을 하지 않았죠?

필자는 난처한 나머지 구차한 변명을 하거나 다른 사람들에게 책임을 돌리는 비겁한 대답을 듣곤 했다. 가장 나은 반응이라야 죄의식에 젖어 고개를 푹 숙이고 아무 말도 하지 않으면서 어깨만 움찔하는 태도였다.

이 경험으로부터 확실하게 배웠다. 필자는 후손들의 물음에, 심지어 필자를 개인적으로 전혀 만나 볼 수 없을 먼 후손의 물음에도 아무 말을 하지 못하고 어깨만 들썩이는 반응은 절대 보이지 말아야 한다고 다짐한다.

될 수 있으면 다음과 같이 대답하고 싶다. 비록 내 힘이 크지는 않았지만 원자력의 저 무시무시한 위험을 막으려고 내가 할 수 있는 것을 했노라고!

필자는 또 두 번째 원칙도 지키고 싶다. 어린 독자들을
진지하게 대하고 싶다. 내가 어렸을 때 진지하게 받아들여
지기 원했듯이. 다시 말해서 필자는 거룩하고 아름다운 세
상을 배경으로 펼쳐지는 "쉽고 재미있는" 소설들만 어린 독
자들에게 선물하고 싶지 않다. 세상은 "거룩하고 아름답지"
않기 때문이다. 착한 일이 언제나 보상을 받는 게 아니며,
나쁜 짓을 했다고 해서 반드시 처벌을 받는 게 아니다. 그
리고 모든 문제가 결국에는 해피엔드로 끝나는 게 아니다.
필자는 이런 사실들을 이미 여덟 살 때 깨우쳤다. 필자는 청
소년 독자들이 많은 생각과 함께 격렬한, 심지어는 고통스
러운 감정을 요구하는 주제들을 접했으면 하고 기대한다.
　예를 들어 필자의 가장 성공적인 청소년 소설 『구름』은
청소년뿐만 아니라 많은 어른들도 읽은 작품이다.(이 책을
두고 "아동 책"이라고 분류하는 경우가 많은데 이는 완전
한 잘못이다. 필자는 이 소설을 아동이 읽으라고 쓴 게 결
코 아니다. 필자가 권장하는 연령대는 열두 살 이상이다.)
　필자는 독자들이 보내오는 편지에 일일이 답장을 쓴다.
발신인 주소만 적혀 있다면 말이다. 그리고 집에 있으면 전

화도 직접 받는다. 숨을 이유가 없기 때문이다. 그리고 언제나 독자가 없는 작가가 무엇일까 하고 자문하곤 한다.

필자는 『핵폭발 그후로도 오랫동안』을 『구름』과 마찬가지로 공포 분위기를 만들어 두려움을 불러일으키려고 쓴 게 아니다.(이 기회에 밝혀두자면 두려움을 너무 그렇게 나쁜 것으로만 몰아붙여서는 안 된다. 두려움을 느끼는 능력은 자연이 우리에게 준 선물이다. 두려움을 느낄 줄 알아야 인간은 살아남을 수 있기 때문이다. 만약 우리가 두려움을 느끼지 못한다면, 인류는 벌써 오래전에 사라졌으리라!)

필자는 『구름』을 체르노빌 사고 이후에 썼다. 『핵폭발 그후로도 오랫동안』은 후쿠시마 원전 사고 이후의 작품이다. 특히 이 작품의 결정적인 동기는 인간이 잘못을 저지르고도 배우는 게 없구나 하는 생각이었다. 사람들은 언제나 정치가와 사업가들이 흘리는 엉뚱한 정보만 믿고 끌려다닌다. 체르노빌의 저 경악을 금할 수 없는 사고를 보고도 핵에너지의 이용이 얼마나 무서운 것인지 깨닫지 못한단 말인가?

그동안 독일에서는 2022년까지 모든 원자로를 없애기로 하는 결정이 내려졌다. 사람들은 묻는다. 왜 그런데도 이 책을 썼느냐고.

2022년까지 기다릴 이유가 무엇인가? 원자력 발전소들은 당장 없어져야 한다. 독일에 하나라도 원자로가 돌아가는 한, 여기서도 사고는 일어날 수 있다.

또, 정치가들이 얼마 가지 않아 2022년 계획안을 백지로 돌려놓을 결정을 할 수도 있다.

그밖에 원자력 이용의 문제는 하나의 국가에만 해당되는 게 아니라는 점이다. 만약 프랑스에서 원전 사고가 일어난다면, 그 피해는 유럽 전체가 입는다. 우리만 없앤다고 해서 끝날 문제가 아니다.

필자는 두 작품을 경고의 의미로 썼다. 『핵폭발 그후로도 오랫동안』에서도 『구름』처럼 초점은 사고 자체에 두지 않고 이후에 빚어진 피해에 맞추었다. 특히 건강상의 위험을 강조했다. 핵 문제를 이야기하면서 왜 사람들은 건강의 문제를 심각하게 생각하지 않을까? 이 물음의 답을 찾고자 이 책을 썼다. 그리고 이 책은 인터뷰의 형태로 꾸몄다.

필자는 독자가 청소년이든 성인이든 상관없이, 내용의

충격을 이겨내고 스스로 다음과 같은 물음을 품었으면 하고 바란다. 곧, 이 책에서 가상으로 그려진 원자력 사고가 절대 현실이 되지 않게 하려면 내가 할 수 있는 게 무엇일까 하고 스스로에게 묻고, 그 답을 찾아보기를 간절히 희망한다.

2011년 8월 슐리츠에서
구드룬 파우제방

저자 소개

저자 구드룬 파우제방Gudrun Pausewang은 1928년생으로, 보헤미아 지방에서 태어났다. 아버지는 제2차 세계대전 중 러시아에서 죽었으며, 어머니는 여섯 명이나 되는 아이들을 데리고 서독으로 피난했다.

저자는 오랜 기간 교사로 활동했다. 독일은 물론이고 중남미 국가들, 곧 칠레와 베네수엘라, 콜롬비아 등에서 아이들을 가르쳤다. 아들이 태어나고 2년 뒤인 1972년에 독일로 돌아왔다. 헤센 지방에서 1989년까지 초등학교 교사로 일했다. 은퇴를 한 다음, 독문학 공부를 끝내고 1998년 프랑크푸르트 대학교에서 문학박사 학위를 받았다.

저자는 1958년부터 집필 활동을 해 왔다. 성인 소설 외에도 청소년을 위한 많은 작품을 썼다. 여기에는 남아메리카 대륙에서 경험한 빈곤 및 어린 시절 피난의 기억, 원자폭탄의 위협 등이 고스란히 녹아 있다. 저자는 일관되게 평화와 환경, 그리고 사회 정의를 주제로 하는 책들을 썼다.

나치스 치하의 독일을 날카롭게 비판하는 것 역시 그녀가 즐겨 다루는 주제이다.

저자는 수많은 수상 경력을 자랑한다. 그 가운데서도 1998년 『구름』이라는 제목의 소설로 독일 청소년문학상을 받은 게 눈에 띈다. 1999년에는 독일 연방정부로부터 공로 훈장을 받았으며, 2009년에는 독일 아카데미가 청소년 문학에 수여하는 대상을 수상했다.